死亡赋格
保罗·策兰诗精选

Death fugue:
Selected poems of Paul Celan

[德] 保罗·策兰 著　黄灿然 译

雅众文化 出品

目 录

罂粟与记忆

3 你的手充满时辰
4 白杨树
5 羊齿草的秘密
6 来自骨灰瓮中的沙
7 最后的旗帜
8 在樱桃树的枝桠里
9 宴 会
10 法国之忆
11 夜之光线
12 从我到你的岁月
13 赞美遥远
14 整个生命
15 花 冠
17 死亡赋格
21 我第一个
22 在埃及
23 旅 伴
24 大酒杯
25 风 景
26 数杏仁

从门槛到门槛

31 我听说
33 从黑暗到黑暗

35 以公猪的形状
37 成双成对
38 为弗兰索瓦而作的墓志铭
39 今晚也
40 阿西西
42 在一根蜡烛前
45 用一把会变换的钥匙
46 纪　念
47 夜间的花朵
49 时间之眼
50 无论你搬起哪块石头
51 纪念保尔·艾吕雅
53 示播列
56 你也说
58 来自沉默的论证
60 葡萄农
62 向　岛

语言栅栏

65 声　音
70 以来信和时钟
71 信　心
72 在一幅画下
73 回　家
75 下　面
76 熄灯礼拜
78 花
80 语言栅栏
82 雪　床
83 不列颠题材
86 科隆，阿姆霍夫街
87 废料船
88 万灵节
89 风景素描
90 一只眼睛，张开

91 上面，无声
93 密接和应

无人的玫瑰

107 他们体内有大地
108 我们读过的
109 苏黎世，鹳旅馆
111 如此浩瀚的群星
113 你今晚在那边
114 在这或那只手上
116 十二年
117 闸 门
119 带着我所有的思想
120 赞美诗
121 图宾根，一月
123 炼金术式
125 ……泉水哗啦
127 根，母体
129 对那个站在门口的人
131 曼多拉
133 锐化点
135 那些明亮的
136 有马戏团和城堡的下午
137 凯尔莫尔凡
139 发生了什么？
140 在不死的词跌落之处
141 眼观世界
142 痛，这音节
145 一切都不同于你想象的

换 气

151 你可以放心地
152 数 字
153 扬起朝大地方向高歌的风帆
154 太阳穴钳子

155　站　立
156　与受迫害者
157　棉线太阳
158　在蛇马车里
159　我认识你
160　可歌唱的剩余
161　当白色袭击我们
162　今天就变瞎吧
163　黑
164　带瓮灵的风景
165　写出来的，空洞
166　哪里？
167　溶　解
169　凝　结
170　一阵轰隆
171　那就淤塞吧
172　有一次

棉线太阳

175　法兰克福，九月
177　痉挛，我爱你
178　谬见深处那一盎司真理
179　里昂，弓
181　真　理
182　在雨水浸湿的足迹上
183　钻孔的心
184　勤劳的
186　当我不知道，不知道
188　你　是
189　我右边
190　小鸥们，银闪闪
192　爱尔兰人
193　露　珠
194　墓穴中传递
196　近了，在主动脉弓里

	198	权力，统治
	199	因为你在一个荒村
	200	想想吧

光之强迫

	205	听觉视觉残余
	206	黑夜骑着他
	207	我们躺在
	208	谁站在你一边？
	209	曾经，死亡需求很大
	210	两人在布兰库斯家
	211	托特瑙山
	213	给一位亚洲兄弟
	214	你怎样在我身上逐渐消逝
	215	海格特
	216	避过大难
	217	在黑暗的空地
	218	我依然能看见你
	219	永恒们袭击
	220	那个爱尔兰女人
	221	再也没有半木头
	222	把赭色撒入我双眼
	223	奥拉宁斯特拉塞路1号
	224	声音微弱地
	225	冥顽的明天
	226	闰世纪
	228	不要往前努力

雪之部分

	231	你躺在
	233	风中掘井人
	234	这世界的
	235	妓女似的另外
	236	我听见斧头
	237	用田鼠的声音

	238	在这个将被结结巴巴重复一遍的世界
	239	你拿着黑暗弹弓的
	240	广 板
	241	对着黑夜的秩序
	242	梅普斯伯里路
	243	墙上格言
	244	一片叶子
	245	矿石闪闪
	247	电缆已经铺设

时间庄园	251	漫游的灌木
	252	只有当我
	253	所有那些睡眠形体
	255	你躺在你自身
	256	小夜晚
	257	我和我的夜晚闲荡
	258	我在世界背后引领你
	259	来，用你自己使世界发生意义
	260	满靴子的脑子
	261	在这最狭小的通道里
	262	吹羊角号之处
	264	两 极
	266	将会有某种东西
	267	无，为我们
	268	当我戴着指环影子
	269	陌生感

未结集	273	把荒原倒进
	274	不要写你自己
	275	诗闭，诗开

| 译后记 | 276 | |

罂粟与记忆

你的手充满时辰

你的手充满时辰,你走向我——而我说:
你的头发不是褐色的。
于是你把它轻轻提起来放在悲伤的天平上;它比我还重……

他们乘船到你那里把它变成货物,然后把它拿到欲望的市场摆卖——
你从深处向我微笑,我从那仍然是轻的位置上对着你哭泣。
我哭泣:你的头发不是褐色的,他们拿出海里的盐水而你给他们鬈发……
你低语:他们正用我来充满世界,而我在你心中仍然是一条凹陷的路!
你说:把岁月的叶子放在你身边——是你走近来吻我的时候了!

岁月的叶子是褐色的,而你的头发不是褐色的。

白杨树

白杨树,你的叶子向黑暗里闪耀白色。
我母亲的头发从来不是白色。

蒲公英,乌克兰是多么绿。
我金发的母亲没有回家。

雨云,你徘徊在水井上空吗?
我安静的母亲为每个人哭泣。

圆圆的星,你绕起金圈。
我母亲的心被铅穿裂。

橡木门,谁把你拆离你的铰链?
我温柔的母亲不能归来。

羊齿草的秘密

在剑的穹隆里影子们那颗绿叶色的心望着它自己。
锋刃明亮:在镜子前谁不徘徊于死亡?
这里壶中也有一种活着的悲伤被祝酒:
它在他们喝之前花朵似的暗下去,仿佛它不是水,
仿佛这里它是一朵雏菊,被要求给出更暗的爱,
一个为那寝床而更黑的枕头,和更浓密的头发……

但这里只有为铁的照耀而感到害怕;
而如果这里还有什么亮起,但愿它是一把剑。
要不是镜子招待我们,我们就不会喝尽桌上这个壶:
让它们其中一面在我们叶子般碧绿之处破裂。

来自骨灰瓮中的沙

遗忘之屋绿如霉菌。
在每一道吹风的大门前你那个被砍头的吟游诗人变蓝。
他为你敲打他那面苔藓和粗糙的阴毛做的鼓;
他用一只溃烂的脚趾在沙中追踪你的眉头。
他把它拉得比任何时候都长,还有你唇上的红。
你把这些瓮充满并滋养你的心。

最后的旗帜

一头水彩猎物在灰暗的边界被追逐。
所以请戴好面具并把你的睫毛涂成绿色。
那盛着昏睡的弹丸的碟子被端到乌木桌上方:
从一个春天到另一个春天葡萄酒在这里冒泡,一年多么短,
这些神枪手的代价多么炽热——陌生地方的玫瑰:
你迷路的胡须,树桩的慵懒旗帜。

吠叫和乌云!他们正把他们的疯狂骑进蕨草!
像渔民把鱼网投进雾气和鬼火里!
他们把绳子套在头冠上然后邀请我们跳舞!
并在源泉里刷洗号角——从而学习那引诱猎物的叫声。

你选择什么斗篷,密度大吗,能藏住发光吗?
他们绕着树干潜爬如睡眠,仿佛在提供梦。
他们把一颗颗心猛掷上高处,一个个长满苔藓的疯狂球体:
啊水彩羊毛,我们在高塔上唯一的旗帜!

在樱桃树的枝桠里 [1]

在樱桃树的枝桠里一声铁鞋的嘎扎响。
夏天为你而从头盔里溅出泡沫。带有钻石距[2]的
灰黑色布谷鸟把它的形象画在天空的大门上。

没戴帽的骑手从树叶间耸现。
他在他的盾牌上显示你微笑的黄昏,
那微笑已被钉在敌人的钢头巾上。
梦想者们的花园已应允给他,
而他已准备好长矛,让玫瑰可以攀缘……

但那最像你的人赤脚穿过空气来了:
铁鞋搭扣在他纤细的手上,
他在整个战斗和夏天里睡觉。樱桃正是为他而淌血。

1 过去的历史渗透现在的自然风景,前者有多暴力,后者就有多强烈。布莱希特曾在一首叫作《灌木丛中的独臂男人》的诗中描写过一个类似的环境:一个战争幸存者在捡柴枝,当他举独臂想感觉一下是不是在下雨时,忽然想起纳粹的举手礼。

2 距是指鸟距。

宴 会

让黑夜被排出诱惑的高椽中的长颈瓶,
门槛被用牙齿犁开,暴怒在早晨之前被播下:
这里一片苔藓也许会为我们而猛长,在他们从磨坊
　　那里来
为他们缓慢的轮子寻找安静的谷物之前……

在那分泌毒液的天空下一定会有更多的淡黄色麦秆,
梦也一定铸造得比这里更不同,这里我们为了快乐
　　而掷骰子,
这里遗忘和惊奇在黑暗中互换,
这里一件事情计算一小时,然后被我们在狂欢中吐
　　唾沫,
装在明亮的钱柜里扔向窗口的贪婪之水——:
它在人行道上爆破,为了荣耀云彩。

然后把你自己裹在外套里跟我一起爬上桌子:
谁还能睡觉除了站着,周围环绕着酒杯?
我们还能为谁喝我们的梦如果不是为那缓慢的轮子?

法国之忆

和我一起回忆:巴黎的天空,那朵巨大的秋水仙……
我们到卖花姑娘的摊子买心,
它们是蓝的,它们在水里开放。
我们的房间里开始下雨,
我们的邻居进来,勒松先生,一个瘦小男人。
我们玩牌,我输掉我眼睛的虹膜;
你把你的头发借给我,我也输掉了,他打败我们。
他穿过房门走了,雨跟着他出去。
我们是死人,而且能够呼吸。

夜之光线

一切中那最光明的,焚烧我黄昏爱人的头发:
我给她送去用最轻的木材做的棺材。
浪潮绕着它汹涌就像绕着我们在罗马的梦床;
它跟我一样戴着假白发粗声粗气地说话:
它像我允许一颗颗心进来时那样说话。
它懂得唱一首法国情歌,那是我秋天
作为旅客停留在晚地[1]给早晨写信时唱的。

那口棺材是一条好船,用感情矮林雕刻而成。
我也乘着它漂浮在血流下游,比你的眼睛还年轻。
现在你年轻犹如一只跌死在三月雪中的鸟儿,
现在它飞向你,对你唱它那首法国情歌。
你很轻:你将在我的整个春天里睡觉直到它结束。
我更轻:
我在陌生人面前唱歌。

1 晚地,或迟地,策兰虚拟的地名。

从我到你的岁月

我哭泣时你的头发又一次飘扬。带着你眼睛的蓝色
你铺开爱的桌子：一张夏天与秋天之间的床。
我们喝某个人酿的酒，既不是我也不是你也不是第三个：
我们痛饮某种虚空和最后的事物。

我们望着深海镜中的自己并更快地把食物传递给对方：
夜是夜，它以早晨开始，
它把我放在你身边。

赞美遥远

在你眼睛的源泉里
生活着疯海渔民的网。
在你眼睛的源泉里,
海恪守诺言。

在这里,我,一颗
在人类中居留的心,
脱去我的衣服和一个誓言的光泽:

在黑中更黑,我更赤裸了。
只有不忠我才真实。
我是我我才是你。

在你眼睛的源泉里
我漂流并梦着猎物。

一个网捕住一个网:
我们在拥抱中分离。

在你眼睛的源泉里
一个被绞死的人勒死绳子。

整个生命

早晨之前一个小时半睡的太阳们蓝如你的头发。
因为它们生长如一只鸟儿墓头的青草。
因为它们受到我们梦中在欲望之船上游戏的诱惑。
因为匕首在时间的白垩悬崖上等待它们。

深睡的太阳们更蓝了：你的头发仅与它们相似一次。
像夜风，我在你姐妹可出售的怀抱里暂停；
你的头发从我们头顶的树上垂下来，虽然你不在那儿。
我们是世界，就像你是大门前的一丛灌木。

死亡的太阳们白如我们孩子的头发：
他从波浪里升起，当你在沙丘上搭你的帐篷。
他拔出快乐的刀眼睛无光向我们胡乱挥舞。

花 冠[1]

秋天从我手里吃它的叶子：我们是朋友。
我们敲开果壳剥出时间，教它奔跑；
时间又赶快回到壳里。

镜子里是星期天，
梦里可以睡觉，
嘴巴讲真话。

我的目光落在我爱人的性上：
我们对望，
我们讲黑暗话，
我们相爱如罂粟和记忆，
我们睡觉如海螺壳里的酒，
如月亮血光里的大海。

我们站在窗前拥抱，人们从街上望我们：
是他们知道的时候了！
是石头决定开花的时候了，
是不安有一颗跳动的心的时候了，
是是时候的时候了。

是时候了。

1　这首诗不可避免地会让人想起里尔克的《秋日》。它们之间的相似之处主要是突出了它们之间的差别:《秋日》开头"是时候了",变成《花冠》的结尾。另外,如费尔斯蒂纳指出的,经过两次世界大战之后,里尔克《秋日》开头的"主啊"中的"主"消失了。2016年,策兰的英译者约里斯与三位作家一起讨论《花冠》,主题是:《花冠》首先是一首情诗吗?抑或,它是一首关于梦想从某个窗口向奥地利公众讲真话,讲仇恨的毁灭性后果的真话的诗?情人们讲的黑暗话有多黑暗,抑或那只是他们在黑暗中的爱的呢喃?这些问题也是答案了,至少作为注释来说已经足够。约里斯倾向于认为《花冠》主要是一首爱情诗。这有一部分是因为 2008 年奥地利女诗人英格博格·巴赫曼与策兰的通信出版(巴赫曼生前出版的小说《马琳娜》已经包含一些源自策兰诗歌的暗示),为策兰某些早期诗的解释提供了新角度。巴赫曼在一封信中对母亲说:"超现实主义诗人保罗·策兰……和我恋爱了……我的房间眼下成了罂粟田,因为他用这种花淹没我。"策兰致巴赫曼:"……也许是因为我希望当我放置罂粟的时候,那里除了你没有任何人在场,很多很多的罂粟,还有记忆,同样多的记忆,两大束发光的鲜花摆在你生日的桌面上。"诗的标题"Corona"有花冠、树冠、日冕、月华和其他星辰之冕等等意思。罂粟表示遗忘,与记忆相反;"冠"还可以解释为耶稣的荆棘冠,那是受难,同时也表示一个新时代的降临。

死亡赋格 [1]

黎明的黑牛奶我们傍晚喝

我们中午早晨喝我们夜里喝

我们喝我们喝

我们在空中挖一个坟墓那里我们躺着不拥挤

一个男人住在屋子里他玩蛇他写

他黄昏时写信回德国你的金发玛格丽特

他写罢走出门群星闪耀他吹口哨唤来他那群狼狗

他吹口哨唤来他的犹太人让他们在地上挖一个坟墓

他命令我们演奏跳舞音乐

黎明的黑牛奶我们夜里喝你

我们早晨中午喝你我们傍晚喝你

我们喝我们喝

一个男人住在屋子里他玩蛇他写

他黄昏时写信回德国你的金发玛格丽特

你的灰发书拉密我们在空中挖一个坟墓那里躺着不拥挤

他大喊挖深些你们这伙你们其他的唱歌演奏

他抓起皮带上的手枪挥舞着他眼睛是蓝的

铲深些你们这伙你们其他的继续演奏跳舞音乐

黎明的黑牛奶我们夜里喝你

我们中午早晨喝你我们傍晚喝你
我们喝我们喝
一个男人住在屋子里你的金发玛格丽特
你的灰发书拉密他玩蛇

他大喊把死亡演奏得甜蜜些死亡是一个来自德国的大师
他大喊把提琴拉得黑暗些你们就可以化作轻烟飘入空中
你们就会有一个云中坟墓那里躺着不拥挤

黎明的黑牛奶我们夜里喝你
我们中午喝你死亡是一个来自德国的大师
我们傍晚喝你早晨喝你我们喝我们喝
死亡是一个来自德国的大师他眼睛是蓝的
他用铅弹打你他枪法又准又狠
一个男人住在屋子里你的金发玛格丽特
他放出他那群狼狗咬我们他给我们一个空中坟墓
他玩蛇做梦死亡是一个来自德国的大师

你的金发玛格丽特
你的灰发书拉密

1 关于《死亡赋格》，读者只需知道这是写纳粹集中营的就够了。另外需要稍加注意的是"金发玛格丽特"和"灰发书拉密"（不是灰色的灰而是灰烬的灰）。前者与歌德诗剧、德国民族史诗《浮士德》的人物玛格丽特同名，而写信给她的应该就是德国士兵，他也因此成了与魔鬼打交道的浮士德。这里把德国高级文化的象征与德国野蛮主义的意象结合起来。后者是《圣经·雅歌》里的美丽犹太女子，"书拉密"源自希伯来语"和平"。虽然这首诗相对于策兰的很多诗来说，较容易理解，但也许正因为如此，其引发的兴趣已超越诗歌、超越文学，甚至超越文化。评论和解读之多称得上汗牛充栋。这里不拟加以援引，让读者有更大的想象空间。但《德国文学百科全书》里乌尔里希·贝尔撰写的一篇关于《死亡赋格》的反应史的文章，却值得介绍一下。贝尔说，《死亡赋格》广泛被编入诗集和被翻译，遮蔽了策兰在后期诗集中发展出来的独特声音所取得的成就。到20世纪50年代末，策兰便反对《死亡赋格》的正典化，禁止它进一步被重印转发，甚至拒绝公开朗诵它。1958年，他写了对《死亡赋格》的"翻案诗"《密接和应》。《密接和应》省略而浓缩，更能代表策兰的总体成就，并以抽象语言逆写《死亡赋格》里某些引人入胜的意象，尤其是《死亡赋格》中作为浪漫主义的传统主题之残余而唤起的那种强烈地方感。尽管策兰在后期作品中常常指涉《死亡赋格》中的意象和节奏，但是他坚称这些指涉构成了对《死亡赋格》的"撤回"。晚近的策兰研究试图证明策兰的成就超越《死亡赋格》，并把《死亡赋格》置于策兰的生活和其他作品的脉络中，以及置于大屠杀文学和其他诗学传统的脉络中来考察。现在研究者主要把该诗视为对无可饶恕的罪行的一个指控，视为幸存者拒绝被剥夺表达的权利和拒绝向行凶者的语言屈服的一个事例。该诗的修辞维度如今被置于晚近的见解中来观照，这些晚近的见解专注于阐释创伤性的幸存、见证与集体历史之间的关系。随着人们对策兰作为欧洲现代抒情诗传统的最后诗人的地位的兴趣日渐浓厚，《死亡赋格》已不再被视为他唯一的成就，他的作品也不再像以前那样老是被简化成战后德国良心的寓言或犹太人苦难的终极表述。但是这种更具细微差别的理解，依然无法阻止人们对《死亡赋格》进行断章取义，导致它在德国文化论述中一再被工具化，包括被用作艺术、音乐的装饰，以及被用于宣称性的公开朗诵，表明德国对其过去的责任的承认和作为德国忏悔的证据。虽然策兰的《死亡赋格》本身就是对阿多诺关于"奥斯维辛之后写诗是野蛮的"这一论断的反驳，但是它未能阻挡文化工业那种能够把艺术所表达的难以治愈的痛苦和丧失转化为平庸和媚俗的力量。话说回来，虽然《死亡赋格》无法阻挡这种陈腐化的趋势，但是它依然为所有文学打开了在面对巨大丧失时坚持说话的可能性。此外，如同策兰曾经宣称"挖一个空中坟墓"这句诗"绝不是借用也不是隐喻"一样，丹尼尔·马吉洛夫和丽莎·西尔弗曼在《历史上对大屠杀的表现》中所描述的关于"黎明的黑牛奶"的争论也值得一提。他们认为，虽然批评家们把"黑牛奶"视为矛盾修辞法并不算错，但是策兰否定这种解释，声称黑牛奶"并非隐喻，并非修辞手段，甚至也不再是矛盾修辞法，而是现实"，这种现实是"由必要性、由心的匮乏凝集的，这种匮乏依然拥有能够感召的心力"。即是说，策兰坚持认为《死亡赋格》并不是一套生动的意象、巧妙的形式设计或富有创造性的文字游戏，不能以"为艺术而艺术"的方式来读，因为它与现实是不可分割的。它是要被感受的，而不是要被赞叹的。

我第一个

我第一个喝下这片仍在寻找它的眼睛的蓝。
我从你的脚印喝并看见：
珍珠啊，你滚过我的手指，而你生长！
你生长，像所有被遗忘的。
你滚：悲伤的黑冰雹
被一块随着挥手告别而变白的手帕接住。

在埃及

你当对那女异邦人的眼睛说:成为水。
你当从那异邦人的眼睛里寻找你知道在水里的人,
你当呼唤她们从水里出来:路得、拿俄米、米利暗[1]。
你当与那异邦人躺在一起时装饰她们。
你当用那异邦人的云发装饰她们。
你当对路得、米利暗、拿俄米说:
瞧,我和她睡觉!
你当美美地装饰你身边那女异邦人。
你当用为路得、米利暗和拿俄米而哀伤来装饰她。
你当对那异邦人说:
瞧,我曾和她们睡觉!

---

[1] 路得,女,《圣经》人物;拿俄米,路得婆母;米利暗,《圣经》中的女先知,摩西之姐。

旅 伴

你母亲的灵魂在前方盘旋。
你母亲的灵魂领航绕过黑夜,越过重重暗礁。
你母亲的灵魂在船头驱赶鲨鱼。

这个词受你母亲的监护。
你母亲监护的词共用你的铺位,一块又一块石头。
你母亲监护的词俯身拾起光的碎屑。

大酒杯

在时间的长桌上
上帝的大酒杯们豪饮着。
它们喝光看见之眼和失明之眼,
统治的影子们的心,
黄昏的凹陷的面颊。
它们是力量最大的豪饮者:
它们喝光那满的也喝光那空的
并且从不像你我那样溢出。

风 景

你们高耸的白杨树——大地上的人类!
你们幸福的黑池塘——你们向他们映照死亡!

我看见你,姐妹,站在这片辉光中。

数杏仁 [1]

数杏仁,
数那苦得让你清醒的,
把我也数进去:

我寻找你的眼睛,当你望了望而又没人看见你,
我纺那条秘密的线,
那颗你正在想着的露珠沿着线
滑入由找不到心的词语
看守着的水罐。

只有在那里你才完全进入属于你的名字,
双脚才稳定地走向你自己,
钟锤才在你沉默的钟楼里自由地晃荡,
那无意中听到的你领会了,
那死去的也用手臂环绕你了,
于是你们三个漫步穿过黄昏。

把我变苦。
把我当杏仁来数。

1　这首诗里的你是谁,甚至我是谁,还有"你领会"和"环绕你"指的是谁,有很多说法和评论,但会给人一种知道得越多越迷惑的感觉。这里只提一提费尔斯蒂纳的两点看法。一是他认为(但有人认为他这个提法很"大胆")诗中的"你"是诗人的母亲,证据是诗人后来与母亲有关的诗里出现过"杏仁眼的影子"和"死者的杏仁眼",还有她母亲喜欢在面包和蛋糕里放杏仁。二是《旧约·耶利米书》里这段:"耶和华的话临到我,说:'耶利米,你看见什么?'我说:'我看见一根杏仁枝。'耶和华对我说:'你看得不错;因为我要看守我的话,使他实现。'"这里,在希伯来语里,"杏仁"和"看守(留心)"字形相近,读音也相近,被认为是一种双关语(《圣经》对此也有注释)。策兰把杏仁与"保持清醒(警醒)"联系起来,呼应这个双关语。还有下面提到的"词语看守着的水罐"也可能与此有关。另外,耶利米这段话属于小标题"两个异象"所说的异象之一。

从门槛到门槛

我听说[1]

我听说水里
有一块石头和一个圆圈
而水面上方有一个词
用那个圈圈环绕那块石头。

我看见我的白杨树沉到水里,
我看见它的手臂怎样伸入深处,
我看见它的根向天上祈求夜晚。

我没有紧跟它,
而只是从地里捡起那片
有你眼睛形状和高贵的碎屑,
我从你的脖子拿走那条箴言项圈,
用它来给现在放着碎屑的桌子做镶边。

于是就没再看见我的白杨树。

1　策兰的《风景》曾说"白杨树——大地上的人类!"。德语"白杨树"(pappel),其词源据说就是拉丁文"人民"(populus),发音亦近似。薇薇安·利斯卡认为,在诗中,被连根拔起的"我的白杨树"——"我的人民"——犹太人——不断向上天祈祷。它的根向上

伸展，祈求夜晚，祈求平安。但"我没有紧跟它"：拒绝紧跟白杨树的姿势，不是拒绝简单的逆转，因为简单的逆转乃是把习惯性的形象变成其负面：白杨树的根在空中。对策兰来说，这样的相反运动是不够的。白杨树继续做出其宏大的形而上姿势：它呼求水的深度和天的高度。"我没有紧跟它"：相反，诗中的我做出一个小姿势，"只是"——他强调——从地上捡起碎屑——以前的实体的残余，受苦的历史的提醒物——放在桌子（人建造的东西）上保存，拒绝深度和高空。舍弃水中石头，舍弃神圣之词所围绕的原始、永恒的元素，诗歌之词保存桌面上的碎屑，因为它代表人类的领悟，代表毁灭性的历史留下的碎屑，在这种历史的面前，原本传承下来的神圣之词那有意义的圆圈，如今只是一条箴言项圈：先辈的箴言隽语、传承下来的真理，曾经是人类的珠宝，现在已失去其可信性，变成项圈和累赘。

从黑暗到黑暗[1]

你睁开你的眼睛——我看见我的黑暗活着。
我看透它一直看到底：
在那里它也是我的而且活着。

那是渡轮吗？在过海时醒来？
会是谁的光在我脚跟照耀
迎接一个摆渡人出现？

---

1 策兰在写这首诗前几个月，曾写信给委托他翻译毕加索戏剧《被抓住尾巴的欲望》的苏黎世出版商说："初稿现已完成。说初稿，是因为毕加索的文本不仅仅只是想要被翻译。它还想要——恕我滥用海德格尔的一个术语——被转化。你知道，有时候对我来说这是一个履行摆渡人职责的问题。我是否可以希望在考虑我的报酬时，不仅要计算行数，还要计算划桨数？"所谓海德格尔的术语，是指海德格尔在《通往语言之路》中所使用的"Übersetzen"一词，它同时含有"翻译"和"摆渡"的意思，当然也包含这两者之间的"转化""迁移"的意思。詹姆斯·莱昂说，策兰创造的诗人作为摆渡人的隐喻，可以有多种解读，而所有这些解读都符合他开始发展的诗歌理论。首先，诗人摆渡人是一种稀有的个体，他运送未说出的原始语言，跨越沉默之河，进入诗歌语言。诗人摆渡人亦可被视为那个跨越普遍的沉默屏障的人，这沉默屏障把难以说出和未说出的语言与说出的语言隔开。就策兰个人生活而言，这个隐喻可被视为他把他本人作为犹太人的他者身份，运送到当代德语的领域里。还

可解读成他努力把大屠杀受害者哑默的声音从沉默运送到说话里。策兰在翻译完瓦莱里《年轻的命运女神》之后致函友人,坚称尽管各种语言有相似之处,但它们不仅是不同的,而且隔着深渊。摆渡人的任务是运载他的语言越过深渊,同时保持对两岸的意识。里昂在这里还援引阿克塞尔·格尔豪斯(Axel Gellhaus)的话说,策兰努力用一种被第三帝国非人化和几乎摧毁的德语写作,乃是试图跨越隔在他内心的诗歌声音与当代德语之间的那个深渊。总之,对这个诗人摆渡人的概念的多重和互叠的解读,可用乔治·斯坦纳的一个论断来概括:"策兰自己的全部诗歌都是被译'入'德语的。"言外之意是,真实的、未说出的本地语无声地沉潜在德语底下。

以公猪的形状

以公猪的形状
你的梦大踏步穿过黄昏边缘的树林。
他的长牙
像那被他粉碎的冰霜
闪着电光。

他用鼻子拱着
翻寻树叶下一颗被他的影子
从树上扯下来的苦坚果,
那颗坚果
黑如你独自在这里走着时
一路用脚踢着的那颗心。

他一口把它咽下
并使他那致命的呼噜充满树林,
而它驱策他
来到下面的沙滩,
去到远处大海
在暗礁上举行最阴郁的盛宴的
地方:

或许

一颗并非不像他自己的果实
曾经把那个庆祝者的眼睛感动得
哀泣起这样一些石头。

成双成对

死者成双成对游泳,
他们成双成对在酒中流动。
他们把酒倒在你身上,
死者成双成对游泳。

他们把头发织入席子里,
他们在这里彼此住得很近。
所以现在请投下你的骰子,并且
你必须跃入两人的一只眼睛里。

为弗兰索瓦而作的墓志铭[1]

世界的两扇门
敞开:
在双夜里
被你打开。
我们听见它们砰砰作响
带着那不确定的事物,
带着那绿色的事物进入你的永远。

1953 年 10 月

---

1 策兰的第一个儿子在出生后数日内夭折。费尔斯蒂纳说,这首诗是策兰唯一在出版时注明写作日期的诗,并说新生婴儿的死亡"打开了进出生命的通道"。费尔斯蒂纳在另一处又说:"生之门和死之门可怕地紧挨着。"莱文说,诗人本人似乎悬挂于当前"两重深渊式"的"双夜",成为"既是一个孤儿又是一个无子之父"(孤儿指策兰很早失去父母)。安妮·卡森说,在诗的结尾,我们无助地望着生命的绿色形容词消失,永远地隐入一个永久的副词——永远。

今晚也

就连
这漂着太阳、浸着太阳的大海
也下雪,所以你带进城里的
篮子里的冰也把花
开得更盛。

你
要求以沙做交换,
因为家中那枝
最后的玫瑰
今晚也要求从滴淌的时辰
获得喂养。

阿西西 [1]

翁布里亚之夜。
蒙上教堂钟和橄榄叶的银光的翁布里亚之夜。
有你搬到这里的石头的翁布里亚之夜。
有石头的翁布里亚之夜。

  哑默,攀入生命里的哑默。
  来,重新注满每个罐子。

陶罐。
陶工之手在那里牢牢生长的陶罐。
被一只影子之手永远封住的陶罐。
盖着影子之印的陶罐。

  石头,你往哪里望都是石头。
  让那只灰动物进来。

缓缓而行的动物。
在最赤裸的手撒下的雪中缓缓而行的动物。
面对那个砰然关上的词的缓缓而行的动物。
吞吃你手中的睡眠的缓缓而行的动物。

  明亮,没有洒下任何安慰的明亮。
  死者——他们仍然在乞讨,方济各。

1　1953 年 10 月，策兰访问意大利翁布里亚地区的阿西西，这里是圣方济各的出生地。方济各曾经为了修复教堂而乞讨石头，他还因喜爱动物而被视为动物的守护神。据阿尔弗雷德·凯勒塔特说，策兰曾在逗留阿西西期间购买英国作家 G.K. 切斯特顿著的《圣方济各传》(*St. Francis of Assisi*)。凯勒塔特还说，策兰表示此诗也间接指涉他夭折的儿子弗兰索瓦，弗兰索瓦与方济各的名字弗兰西斯的拼写和读音都相近。

在一根蜡烛前

按照你的吩咐,母亲,
我用雕花黄金
塑造这个蜡烛台,从那里,
在裂成碎片的时辰之中,
她向上朝着我黯淡:
你的死
所诞生的女儿[1]。

她身材纤细,
狭长、杏眼的影子,
她的嘴巴和性
被起舞的睡梦野兽围绕,
她从豁开的黄金里飘上来,
她升上
现在的王冠。

用被黑夜悬挂的
双唇
我说出这祝福:

以
互相争斗直到

天堂沉入感觉之墓为止的

那三位[2]的名义,以

每当我松开深谷里那些树林的头发

好让更丰富的急流穿过深处时

其指环便在我手指上闪光的那三位的名义——

以三位中

当他被召唤去生活在

他的话比他早到的地方时

便大叫的第一位的名义,以

一边看着一边流泪的

第二位的名义,以

在中央堆起白石头的

第三位的名义——

我宣告你豁免

那淹没我们声音的阿门,

豁免它边缘上——从那里

它高耸如塔进入大海,从那里

灰色的鸽子啄起

死的这边和那边的名字——

它边缘上那片冷光:

你依然是,依然是,依然是

一个死女人的孩子,

奉献给我的渴望之不,

嫁给时间的一条裂缝,

而一个母亲之词把我引向那裂缝

好让一次震颤,

仅仅一次,能传遍那只
一次次伸来抓我的心的手!

1 诗中死母亲的女儿,系指母亲虽死,但其死也是一种存在,她死后,其死的存在即诞生一个女儿,这个女儿既是母亲的新身,也是母亲。

2 关于"三位"指什么,有各种解释,但都难以自圆其说,例如"三位一体"之类的,无法解释"互相争斗"。但有一个说法较接近,就是来自莱辛的诗剧《智者纳旦》,该诗剧的内容涉及三个宗教:犹太教、基督教和伊斯兰教,最后大团圆结局,和睦相处。剧中讲了一个寓言,说是东方某家族有一个代代相传的戒指,谁占有它就能得到上帝和众人的爱。父亲把戒指传给最喜爱的儿子。至某一代,父亲有三个儿子,都是他的至爱,临终前做了两个假戒指,所以三个儿子都获得戒指。三个儿子都认为自己的戒指是真的,争辩不休,请求法官裁决。法官说,每个人都可以把自己的戒指当作真的,应该用自己的行动博取上帝和众人的爱。

用一把会变换的钥匙

用一把会变换的钥匙
你打开那屋子,它里面
飘扬着那未说出的事物的雪。
你选择什么钥匙总是
取决于从你的眼睛或你的嘴巴或你的耳朵
冒出的鲜血。

你变换那钥匙,也就变换那个
可自由地跟雪花一起飘扬的词。
什么雪球将围绕那个词而形成
取决于那拒绝你的风。

纪 念

被无花果滋养的是这颗心，
心里有一个时辰回想
死者的杏仁眼。
被无花果滋养。

陡峭的是在海风的呼吸里
那船难的
前额，
悬崖姐妹。

而被你的白发增长的是
夏天放牧的云的
羊毛。

夜间的花朵

夜间的花朵
噘起唇瓣，
云杉的树干
交叉相连，
苔藓变灰，石头震动，
寒鸦醒来，要在冰川上空
做无穷尽的飞行：

这是那些被我们追上的人
休息的地方。

他们将不会命名时辰，
他们将不会数雪花
也不会跟着溪流去到堰塘。

他们独立在世界上，
紧挨着各自的黑夜，
紧挨着各自的死亡，
暴躁，光着头，染着与远近
所有事物一样的白霜。

他们清偿依附着他们本源的罪债，

他们因为一个词而清偿,
它不公正地存在着,像夏天。

一个词——你知道:
一具尸。

让我们洗净它,
让我们梳理它,
让我们把它的眼睛
转向天空。

时间之眼

这是时间之眼:
它从七彩的眉头下
朝外斜视。
它的睑被火涤净,
它的泪是热气。

盲星星飞向它
并熔化在那更灼热的睫毛上:
它在世界上越来越温暖,
而死者
发芽和开花。

无论你搬起哪块石头

无论你搬起哪块石头——
你都是在暴露
那些需要石头保护的人:
赤裸,
现在他们又重新开始纠缠。

无论你砍伐哪棵树——
你都是在构造又可以
把灵魂留住的床架,
仿佛这永世也
不颤抖
一下。

无论你说出哪个词——
你都应该感谢
毁灭。

纪念保尔·艾吕雅 [1]

把那些词放进这死者的墓里,
他是为了活着才说它们。
把他的头搁在它们中间,
让他感到
那些渴望之舌,
那些钳子。

把那个词放在这死者的眼睑上,
他拒绝把它给他,
给那个称他为汝的人,
那个词
他跳跃的心血经过它
当一只赤裸如他自己的手
把那个称他为汝的人
系在未来的树上。

把这个词放在他的眼睑上:
或许
他那依然是蓝的眼睛将呈现
更为陌生的第二种蓝,
而那个称他为汝的人
将与他一起梦见: 我们。

1　策兰这首诗写的是艾吕雅不道德的一面。艾吕雅在 1950 年拒绝参与声援被判死刑的捷克超现实主义诗人、纳粹集中营幸存者扎维斯·卡兰德拉。卡兰德拉被处决，艾吕雅则于两年后去世。策兰以卡兰德拉的名义请求把艾吕雅视为"汝"，但艾吕雅拒绝，从而"把那个称他为汝的人系在未来的树"——绞刑架上。现在艾吕雅的眼睛已经闭上，而策兰要求把那个词，那个缺失的词，那个未说出的词放置在艾吕雅闭上的眼睛上，这既是具体的（因为他已经是一个死去的诗人），也是隐喻的（对那个"汝"字视而不见）。也许那个词将作为救赎的标志，被重新放置在这位被理性化的诗人眼睛前，因为他的眼睛有义务去看见另一个人。

示播列[1]

连同我那些随着
在栅栏后哭泣
而变大的石头,

他们把我拖出来
到市场中央,
那个升起
我没有对它宣誓效忠的旗的
地方。

长笛呵,
黑夜的双长笛:
记住维也纳和马德里
那黑暗的
双红。

下你的半旗,
记忆呵。
下半旗,
今天和永远。

心呵:

在这里你也要被认出来,
在这里,在这市场中间。
喊出示播列,喊出它,
向你这异国的家乡:
二月。别让他们通过!

独角兽呵:
你了解这些石头,
你了解这水,
来吧,
我将带领你离开,奔赴
埃斯特雷马杜拉的
声音。

1 示播列,意为口令或暗语。《圣经》记载,以法莲人与基列人战争,以法莲人败逃。由于以法莲人无法发出示播列(Shibboleth)中的示(shi)音,总是说成西(si),故基列人以此作为口令来识别并斩杀以法莲人。"我没有对它宣誓效忠的旗"表示诗人在异国。"黑暗的双红"指维也纳和马德里两个被摧毁的进步运动。"二月。别让他们通过!"这两句诗即策兰喊出的示播列。1934年2月,维也纳工人起义被镇压;1936年2月,西班牙人民阵线当选(并得到策兰故乡切尔诺维茨的学生的支持);1939年2月,马德里之役,人们在标语牌上写道:"别让他们通过!"(No Pasaran)。"他们"指法西斯军队。这里的示播列,都涉及进步事业的兴衰。费尔斯蒂纳认为,策兰即使在没有荣誉的异国也要宣告自己是先知。有评论者认为在最后诗节,诗人的求索转向神话领域,坚称独角兽理解这一切。独角兽:德语原文Einhorn(音译艾恩霍恩),艾恩霍恩是策兰少年时代的密友,他们都支持西班牙共和派的事业。埃斯特雷马杜拉(Estremadura)是邻近西班牙南部的葡萄牙地区,邻近灾难发生地,但也是在边界另一边,可以听到不同的"声音"。另据说有一首古老的西班牙民歌,歌唱孤独寂寞的埃斯特雷马杜拉高原。亦有评论者把 Estremadura 读成邻近葡萄牙边境的西班牙地区埃什特雷马杜拉(Extremadura),那里曾发生佛朗哥主义者发动的大屠杀。

你也说[1]

你也说,
作为最后一个,
说你的话。

说——
但不分开是和不。
而且赋予你说的话这个意义:
赋予它阴影。

赋予它足够的阴影,
把你所知道的
在子夜与正午与子夜之间
分配给你的阴影全都赋予它。

四下看看:
看一切怎样活生生——
在死亡中!活生生!
说阴影的人才是说真话的人。

但现在你站立的地方收缩了:
现在,脱掉了阴影,你往哪里去?
向上。向上摸索你的路。

你变得更细,更不可知,更微小。
更微小:一条线,那颗星
想沿着这条线往下降:
往更深处里游,下降到
它看见自己闪光的地方:在游荡的
词语的激浪中。

1　据安妮·卡森解释,策兰这首诗也许是对自己说话,他推荐一种说话方式,其中包括充盈与虚空、不与是、钟面与阴影。时间安排分配给他的阴影:这里度量的,是变化的单位。变化意味着失去,但诗人可以蔑视它,把时光的两面攥在一起,星期五晚上和星期一早上、不在场与在场分不开。策兰在这样做的时候,句子是精心构筑的:不分开是和不。在是和不之间,策兰赋予诗人取消差异的权利,赋予诗人加深死亡的消极性的资格。策兰谈到世界的收缩,并把自己视为努力攀上世界的制高点,在那里他可以回忆和说话。他描述的不是一个记忆库,而是一个游移的黑色空间,诗人在那黑色空间里储存数据,精确得仿佛他在用一条线把星星缒下来似的。诗结束时,策兰在丰盛与节俭之间,在他自己那条越往下垂越微小的线上的词语与充满着世界的游荡的词语的激浪之间作出区别。他的词语绝不过量。它被脱去了阴影。它的节俭的机制是简白的:不分开是和不。策兰不是铭文式的诗人,但他发现他的写作的表面必须加以修改才能好好利用。他与德语之间的困难关系就是那种修改的历史。因为尽管他把德语描述成填满了虚假,"塞满了烧光的意义的余烬",但是他仍然选择这个表面来从事他的诗歌工作,把它削减成一种个人语型,这是一种如此极端的语型,以致它与标准德语的关系就如同花岗岩的结晶体与山脉的关系。

来自沉默的论证[1]
　　——给勒内·夏尔

在黄金与遗忘之间的
锁链中联结:
黑夜。
两者都抓住它。
两者都各行其是。

联结它,
现在你也把那想破晓的
与每一天联结起来:
飞越星星的词,
溢出大海的词。

每个人都有他的词。
每个人都有向他歌唱的词
当那群猎犬猛咬他的脚后跟——
每个人都有向他歌唱然后凝结的词。

它,黑夜,有
飞越星星溢出大海的词,
它有变成沉默的词,那词血
不会在毒牙刺破音节时

凝结。
黑夜有它那变成沉默的词。

针对其他词,
其他被骗子的耳朵引诱,
很快就要爬在时间和季节上的词,
那词终于挺起作证,
终于,在只有锁链哐当响的时候,
向置身于黄金与遗忘之间
又是两者永久亲人的黑夜
作证——

那么,告诉我,
那词在哪里破晓,如果不是
与躺在泪水河床上的黑夜一起,
那一次又一次向落日展示
播下的种子的黑夜?

---

1 标题原文为拉丁语"Argumentum E Silentio",是指试图通过不讨论来证明某人对某事的观点。策兰与夏尔有交往。夏尔有一首诗,叫作《论证》,诗中开头提出:"没有未知在我们面前,我们又怎么可以生活呢?"接着是三段回答,第三段最后说:"诗将几乎无声地(或沉默地)见证在这个反叛而孤独的矛盾世界中,它所包含的东西没有一样不是在别处真正存在的。"

葡萄农

他们收获他们眼睛的葡萄酒，
他们榨出所有的饮泣，还有这个：
如此被黑夜强求，
他们背靠着的黑夜，那墙；
如此被石头强迫，
他们的拐杖在那上面
对着回答的沉默讲话的石头——
他们的拐杖，那仅仅一次，
仅仅一次在秋天，
当一年如葡萄膨胀成死亡的时候，
那仅仅一次透过喑哑
而把话直接讲入想象的矿道的拐杖。

他们收获，他们榨出葡萄酒，
他们挤压时间如同挤压他们的眼睛，
他们把喝吸和饮泣像藏进酒窖那样
藏进他们用一双双被黑夜坚实了的手
建造起来的太阳墓里：
好让一张口稍晚也许会渴念这个——
一张晚口，像他们自己的，
俯向瞎和瘸——
一张干旱从深处向上朝它冒泡的口，同时

天空垂入融蜡似的大海里,并且
闪烁在远方,像蜡烛头,
当嘴唇终于湿润。

向 岛

向岛,在死者近旁,
从森林里嫁给独木舟,
他们的双臂绕着飞天的秃鹫,
他们的灵魂绕着农神的光环:

这些异邦和自由的人划着,
这些冰和石头的主人:
沉没的浮标向他们鸣钟,
鲨鱼蓝的大海向他们嗥叫。

他们划,他们划,他们划——:
你们死者,你们泳者,向前!
这,也被捕鱼网兜住了!
明天我们的大海将会干涸!

语言栅栏

声 音[1]

声音,刻入
水面的绿色里。
当翠鸟潜入,
那瞬间发出嘤鸣:

在这岸或那岸上
站在你身边的东西
被收刈
跨入另一个画面。

*

声音,来自荨麻径:

沿着你双手走向我们。
那独自与灯盏相伴的人
只能读他的手。

*

声音,被黑夜弥漫,你
把鸣钟吊在上面的绳子。

弓成拱顶吧,世界:

当死者的贝壳浮涌而出,
这里将有钟声鸣响。

*

声音,从那里你的心
缩回到你母亲的心中。
声音,来自绞刑树,
那里晚木和早木交换
又交换它们的年轮。

*

声音,带喉音,在碎石中,
那里无穷也在铲走
(心的)
黏液小溪。

孩子,在这里启程吧,
驶走这艘我操作的船:

当狂风拦腰截击船体,
铆钉就会嘎吱绷紧。

*

雅各的声音:

泪水。
一个兄弟眼里的泪水。
一滴继续挂着,增长。
我们居住其中。
呼吸吧,让它
垂落。

*

声音,来自方舟内部。

只有
嘴巴
得救。你,
下沉的,也听见
我们。

*

没有
声音——一种
慢响,时间所陌生的,一件
赠予你的思想,终于在这里

醒来：一片

心皮[2]，眼睛大小，深深地

被刻过；它

流汁，不会

结痂。

1　费尔斯蒂纳说，策兰有一次和朋友在溪边散步，遇见翠鸟跃入水中。他知道这种鸟的法语名字，但不知道其德语名字，于是回来查刚买来不久的四卷本《动物百科全书》，得知其德语名字。这个发现成为《声音》这组诗的导火线，它作为诗集开篇，与诗集压轴的《密接和应》形成前后呼应。维尔纳·哈马赫尔认为，在"sirrt die Sekunde"（那瞬间发出嘤鸣）这行诗中，"die Sekunde"（那瞬间）可以瞬间切换成"diese Kunde"（这消息，或沟通渠道）。费尔斯蒂纳由此而阐述说，策兰瞥见的翠鸟变成了刻或划水面的声音。翠鸟跃入和跃出水面带来了这样一个消息，也即"站在你身边"的东西，你依靠的东西，可以在一眨眼间"被收刈跨入另一个画面"——这个隐喻自己呈现隐喻的行为，呈现分解和重生的行为。对策兰来说，这个收获意象，如同翠鸟吃鱼一样，既是致死的，又是赋予生命的。波波夫和麦克休指出，《声音》模仿音乐的声音，互相前后呼应。例如第三首的"绳子"和"吊"，预示第四首的"绞刑树"；再如，"心"（Herz）最初与母亲联系起来，然后在最后一首里变成一个形容词的一部分，"心皮"松脂似的流汁（Harz）。（在中文里，"心皮"恰好有一个"心"字，意外地弥补了"流汁"一词无法反映原文所包含的"心"的遗憾。）哈马赫尔则说，就连开头收割的意思也是由一个沉睡在外语里的隐喻唤起的：法语里的"翠鸟"（Alcyon）源自希腊神话人物亚克安娜（Alcyone，又译阿尔库奥涅），她因丈夫遭遇海难死去，而拼命朝他奔去，不知不觉双手在拼命"割开"空气时长出翅膀，变成一只翠鸟，潜入海里去拥抱丈夫。哈马赫尔进而说，分离催生另一个意象，根据这个原则，此岸彼岸的一切都被聚合起来了——因此，由"die Sekunde"和"diese Kunde"混合而成的"dieSeKunde"（瞬间即成消息/渠道）不仅是一种变形，而且是一个隐喻，是隐喻化的瞬间：不断在进行跨越和传递。策兰这个文本中的所有意象和措辞特点，都与受"dieSeKunde"这个偏心圆的中心所制约的更迭亦步亦趋。"dieSeKunde"，这瞬间，这渠道，并不是再现的隐喻，而是隐喻化的隐喻；不是世界的意象，而是一整代的意象的意象；不是声音的文字记录，而是诗本身被刻划的声音的产物……这"dieSeKunde"，这瞬间，这渠道，支配"原初性"之次生性的规律；是那割切先于一切最初事物，是那撕裂打通一切原则，包括普通语言学现象的原则，并打散使整体成为可能的一切单元和一切条件。

2 心皮，植物长出子实的部分。

以来信和时钟

蜡,
为了封上那猜测
你的名字,
那谜化
你的名字的
未写的东西。

游移的光,你现在会来吗?

手指,也是蜡的,
从陌生而疼痛的
指环里拔出来。
指尖融化掉了。

游移的光,你会来吗?

清空了时间的钟之蜂巢,
蜂群如新娘,
随时飞走。

游移的光,来吧。

信　心

将有另一只眼睛,
一只异质的眼睛,除了
我们自己的:无语
在冷硬的眼睑下。

来,钻你的坑道!

将有一根睫毛
转向岩石内部,
被无人悲泣之物锤炼,
成了最精细的纺锤。

它在你面前活动,仿佛
因为石头在,就依然有兄弟。

在一幅画下[1]

渡鸦麇集在麦浪上方。
哪个天空的蓝色？较高的？较低的？
从灵魂射出的迟箭。
更响的呼啸。更近的发光。两个世界接触。

1 这是策兰关于凡·高《麦田上的鸦群》（曾被认为是凡·高最后的作品）的"读画诗"。

回 家 [1]

下雪,更密更密,
昨日般的鸽灰色,
下雪,仿佛甚至此刻你也在睡着。

白色,堆入远方。
它上面,无穷尽,
消失者的雪橇痕迹。

下面,隐藏着的
是如此
刺眼地隆起的东西,
一座座土丘,
看不见。

在每座土丘上
都有一个被接回家
踏进今天的我,滑入喑哑:
木质的,一根桩。

那里:一阵感觉,
被冷风刮过,那冷风
把它的鸽灰——它的雪白——
色的布匹凝固成一面旗。

1　汤姆·贝特里奇认为,策兰的《回家》与荷尔德林的《回家》构成鲜明对照。在荷尔德林那里,我能被邀请去想象我们有一天将返回的"未来的家",这便给家乡注满了一种预先的验证和保障之感。荷尔德林把这首诗题献给"亲友",则加强了对这种回家的建构,不仅赋予将来回归起源、回归出生地,而且赋予回归永久的家族支持体系一种特权。策兰则无家可归,如果我们接受费尔斯蒂纳关于策兰这首诗中的"你"是在1942年秋天被枪杀的策兰母亲这一说法的话,这种对比就更为强烈了。策兰的《回家》是从荷尔德林寻求回归的那些预先配置、可辨识的结构中全面撤退。

下 面

领回家把它遗忘,
我们那慢眼睛的
社交谈话。

领回家,一个个音节,它们
被日盲症的骰子摊分,为此
那只赌博的手伸出,张大,
觉醒。

还有我说得太多的话:
在那枚用你的沉默装扮的
小水晶周围堆砌。

熄灯礼拜[1]

我们近了,主啊,
近在手边了。

已经握住了,主啊,
互相抓着,仿佛
我们每个身体都是
你的身体,主啊。

祈祷,主啊,
向我们祈祷,
我们近了。

一路被风吹偏,我们去那里,
去那里,去俯身
向凹坑和火山口湖。

去那里找水喝,主啊。

那是血,那是
你流的,主啊。

它闪耀。

它把你的形象投进我们眼睛里,主啊。

我们的眼睛和嘴巴张得这么大这么空,主啊。

我们喝了,主啊。

那血和那血中的形象,主啊。

祈祷,主啊。

我们近了。

1　标题原文"Tenebrae"。在天主教圣周(复活节前一周),在熄灯礼拜期间,灯烛渐次熄灭,象征耶稣受难。出处为《马太福音》第二十七章"耶稣之死"一节:"从正午到下午三点钟,遍地都黑暗了(Tenebrae factae sunt)。"

花[1]

石头。
空中的石头,我追随它。
你的眼睛,盲如那石头。

我们是
手,
我们把黑暗掏空,我们找到
那个攀登夏天的词:
花。

花——一个盲人的词。
你和我的眼睛:
它们照看
水。

生长。
一片片心墙
为它添花瓣。

多一个像这样的词,锤子
就会在旷地上挥舞。

1　策兰的小儿子埃里克说出的第一个词是法语"花"（fleur），策兰写这首诗时，最初的标题也是法语，后来再改为德语。这首诗的手稿被完整保留下来，共八稿，历时两个月。相关的文章或讨论有不少，这里根据韩裔学者金水·拉斯穆森的专文，摘录若干提示，然后摘录一段伽达默尔的评论。拉斯穆森说，学者贝恩德·维特在分析该诗手稿的演进之后得出结论，认为这首诗摆脱了关于一个孩子如何学习说话的逸事，变成一种关于通过语言来得到解放的元叙述。拉斯穆森对此提出异议或者说补充，认为这首诗是关于释放各种有待并将继续有待实现的潜能。在主题上，该诗描述一种从石头到眼睛、从黑暗到夏天的运动。第七行强调"寻找"词是一次事件。第九行似乎具有特别重要的意义，因为它标志着这首诗的临界点和中心。之后，诗描述生长的花，以及将来获得更大自由的可能性。拉斯穆森说，第九行根据彼得·松迪和温弗里德·门宁豪斯等学者的分析，乃是该诗的均匀点和视觉中心。这行诗经得起各种解读，视乎读者如何准确理解那个破折号而定。例如把它视为谓语，还是类比，还是替代。如果视为谓语，则主语"花"便与谓语"盲人的词"联系起来。其结果是一种决定性的判断，也即花被归入词语的一般类别（盲人的词）。如果把破折号视为类比，则花就像盲人的词，它因为我的眼睛和你的眼睛的水而出现。这里语言与自然便建立对等关系，花如词，词如花。如果把破折号视为替代，则盲人的词就是一朵形象化的花，一朵语言之花。由此可见，这个破折号被注入了它本身不具有的意义。破折号在这里不仅联系花与盲人的词，而且刚好是前八行与后八行的分界线，诗文本在这里从过去式转到现在式。伽达默尔说，此诗的草稿的解释价值必须得到定稿的证明。草稿也许具有浓厚的历史意味，但不可用它来为定稿的解释引路。草稿显示这首诗的完成乃是一个不断压缩和省略的过程。这使人想起策兰所敬仰的马拉美，马拉美曾经说："真诗的主要任务乃是省略，把每一个思想的开始和结束尽可能去掉，以便读者能够享受想办法完成整体的乐趣。"伽达默尔总结说："我不觉得马拉美这段话能够准确地描述马拉美自己的诗学方法，我也完全不认同诗人的自我解释权。因为明显不过的是，这与其说是省略，不如说是压缩。甚至策兰这首《花》也表明这并非只是简单的省略，而且是强化和浓缩。"

语言栅栏[1]

栅格之间眼睛圆圆的。

闪忽的眼睑
向上掀,
放出一道目光。

虹膜,游泳者,无梦而阴郁:
天空,心灰色,一定很近。

铁眼窝里的斜乜,
那闷燃着的木屑。
透过光感
你猜到灵魂。

(要是我像你。要是你像我。
我们不是站在同样
一股贸易风下吗?
我们是陌生人。)

铺地砖。铺地砖上
彼此紧挨着,那两个
心灰色的水洼:

两个

满口的沉默。

1　安妮·卡森说,这首诗的运作就像一个栅栏。在其中你看到栅格背后一只眼睛和一道穿过栅格的目光。你俯视那目光,注意到眼睛更深处游移的虹膜,注意到在那里冒烟的木屑,注意到(透过光)对灵魂存在的猜测。灵魂是你能透视的最深幽的东西了。这时诗突然把你移出栅栏,进入一个括号,在括号里说到你与我的关系之外部事实。突然,"陌生"被作为你我之间的反事实条件提出来,你我肩并肩却彼此陌生。虽然我刚刚瞥见你的灵魂,但我们是陌生人。我们的陌生看上去(从外面看:在铺地砖上)像两个紧挨着的水池,仿佛两只相邻的眼睛。水池反映天空(心灰色……心灰色),但无言无语:两个满口的沉默。诗的动作,也即当它把你拉入又抛出那个栅栏也即我的时候,拉入又抛出那个语言栅栏的时候,这动作是带着糟糕的谈话所包含的有弹性的反冲的,从而清除了我们可以说话的幻想。中间的括号是一种震惊,它把这局面的价值翻了个底朝天,只剩下陌生人突然暴露的那种严酷的礼貌得体。也就是说,诗中的你我之间发生一种疏离动作,这是一种有序的动作。一个意象(两只眼睛)穿过栅栏,变成另一个意象(两个水池)。你对我的灵魂的瞥见成为我们互相毗连的沉默。卡森说,她曾经说过,这种诗学动作在某些方面代表了一种"亲密的疏离"的状况,这状况是在策兰与他自己的语言之间获得的。卡森还说,对策兰而言,这种疏离概括了他与他人的关系。他前往伟人们(例如海德格尔和马丁·布伯)的屋子,却感到陌生。

雪 床

盲视世界，临死裂隙里的眼睛：我来了，
我心中的坚硬生长物。
我来了。

月镜的岩面。向下。
（布满呼吸污斑的矿灯。一条条血痕。
组成云朵的灵魂，再次接近真实形状。
十指之影——夹紧。）

盲视世界的眼睛，
临死裂隙里的眼睛，
眼睛眼睛。

雪床在我俩底下，雪床。
水晶上的水晶，
时间般深深地栅格化，我们坠落，
我们坠落躺在那里又坠落。

又坠落：
我们曾经是。我们现在是。
我们与黑夜是一个肉体。
在通道里，通道。

不列颠题材[1]

金雀花之光,黄,斜坡
朝着天空化脓,荆刺
向伤口求爱,在里面
钟敲响了,傍晚了,无
把它的大海卷向虔诚,
血帆朝你驶来。

干燥,你背后的河床
充满淤泥,它的时辰
堵塞着芦苇,天上,
那颗星附近,奶白色潮汐路
在泥浆中说着含混话,成簇的
鹬嘴贝在下面对着蓝色打呵欠,一丛
美丽的瞬间灌木
迎接你的记忆。

(你知道我吗,
双手?我走过
你指给我的分叉路,我嘴里
吐出它的碎石,我走过,我的时间,
一道游移的雪墙,投下它的阴影——你知道我吗?)

双手,被荆刺
求爱的伤口,双手,
无敲响它的大海。
双手,在金雀花之光中
血帆朝你驶来。

你
你教
你教你的双手
你教你的双手你教
你教你的双手
 怎样睡觉

1 不列颠题材,原文为法语"Matière de Bretagne"(英译本的标题大多数都是照抄原文),指与不列颠和布列塔尼有关的中世纪传奇故事,尤其是与亚瑟王传奇故事有关的题材,有别于古典故事的罗马题材和关于查理曼传奇故事的法国题材。不能排除策兰只是取其字面意思,也即"布列塔尼题材"。安妮·卡森说,金雀花之光令人想起荷尔德林《生命之半》中的黄梨,只不过荷尔德林的黄梨金黄美丽,策兰的金雀花化脓。两者的对照暗示一种情绪。这种情绪在策兰那荆刺与伤口的意象中悄悄继续着,基督教常规和谦恭有礼的爱情常规结合起来,朝向"虔诚"。但驶向"虔诚"的是"无",情绪亦转向消极神学。如同策兰的任何读者都知道的,他在这种情绪中游刃有余。然而在这里,它可能是要唤起对另一位"无的诗人"马拉美的联想,后者的诗中充满了大海和风帆。诗中有不少马拉美《骰子一掷》一诗的回响,包括钟鸣和蓝色,更别说结尾一行的"留白"呼应《骰子一掷》第十页的"留白"。策兰这首诗重述第一节,其节奏就像血帆，乘风破浪，从化脓驶向化脓再驶向"你"——卡森说，这个联系是她一位朋友在跟她讨论策兰的这首诗时提起的，而这又得归功于萨特对马拉美的一段论述，而萨特的这段论述又是引用别人的："从一开始马拉美的诗歌就像一个幻影……从中他认出自己，不是通过他在哪里或他怎样，而是通过他不在哪里和他不怎样而认出他自己。"

科隆,阿姆霍夫街[1]

心的时间,那些
我们梦见的人站起来维护
午夜的密码。

某种事物说入寂静,某种事物沉默,
某种事物离去。
流放者和消失者
在家里。

你们大教堂。

你们未被看见的大教堂,
你们未被听见的河流,
你们我们深处的时钟。

---

1 策兰与内莉·萨克斯曾于 1957 年在科隆见面,策兰入住阿姆霍夫街一家酒店,这条小街位于科隆大教堂与科隆犹太人居住区之间。英译者费尔斯蒂纳把本诗标题后半部分"Am Hof"按字面意思译为"At the Station"(在驿站),策兰研究者杰里·格伦后来在一篇书评中予以纠正,认为知道这个出处也许有助于理解这首诗。另外,曾有一个策兰与萨克斯通信集的版本,书名采用的就是本诗第一个词,叫作《心的时间》(*Herzzeit*)。

废料船

水的时刻,废料船
把我们带进傍晚,像它
我们也不急,船头站着
一个死去的为什么。

……

卸完。那肺,那水母
把自己膨胀成一个钟,一个
褐色的灵魂延长部分抵达
那个明亮地呼吸的不。

万灵节

我做了
什么?
给黑夜播种,仿佛
可能还有别的,比这个更
夜间的。

鸟飞,石飞,一千种
描述过的路线。目光,
被窃和被摘。大海,
被尝,喝掉,梦掉。一小时
灵蚀[1]。接下去,一道秋天之光,
奉献给一种盲目的
感觉,它走那条路。别的,很多,
都没有位置,除了它们自己沉重的中心:被瞥见和回避。
弃婴,星星,
黑,充满语言:用一个
被沉默取消的誓言命名。

并且有一次(何时?同样也忘了):
感受那倒钩,
我的脉搏敢于反跳。

---

1 指相对于日蚀的灵魂之蚀。

风景素描

下面一座座圆墓。一年
以四节拍在它们周围
陡峭台阶上的踏步。

熔岩,玄武岩,世界之心
通红炽热的火成岩。
矿泉凝灰岩,那里
光在我们的呼吸前
为我们增强。

油绿,被海浪浸透的
不可通行的时刻。朝着
中心,灰色,
一个石鞍,石鞍上,
凹陷而焦黑,
那野兽的额头及其
焕发的光辉。

一只眼睛,张开

时辰,五月颜色,凉。
那不再被指名的,滚烫,
可在嘴里听到。

无人的声音,再次。

眼球疼痛的深处:
眼睑
不挡路,睫毛
不计算那进来的。

眼泪,一半,
那更尖锐的晶状体,灵活,
把影像传给你。

上面,无声

上面,无声。那些
旅行者:秃鹫和星星。

下面,在经历了一切之后,我们,
总共十个,沙人。时间,
它怎能不呢,时间平分给
我们一个时辰,在这里,
在这沙城。

(说说井,说说
井花环、井轮子,说说
井房间——跟我们说说。

数完又数,手表,
这个手表,也停了。

水:何等的
词。我们理解你,生命。)

这陌生人,未经邀请,从哪里来,
这客人。
他湿漉漉的衣服,

他湿漉漉的眼睛。
(跟我们说说井,说说——
数完又数。
水:何等的
词。)

他的衣服和眼睛,像我们
他充满黑夜,他预示
洞察力,现在他数,
像我们,数到十
就没再数下去。

上面,那些
旅行者
依然
静悄悄。

密接和应[1]

*

驱进了
地形里
带着确实无误的踪迹：

草，被拆散来写。石头，白，
带着草叶阴影：
别再读了——看！
别再看了——走！

走，你的时辰
没有姐妹，你是——
是在家里。一个轮子，缓缓，
滚出自身，轮辐
攀爬，
攀爬在渐暗的田野上，黑夜
不需要星光，哪儿
都没人打听你。

*

     哪儿

　　　　　　都没人打听你——
他们躺下的地方，它有
一个名字——它没有
名字。他们没有躺在那里。某种东西
躺在他们之间。他们
没有看穿它。

没有看，没有，
谈论
词语。没有一个
醒着，
睡眠
已经来笼罩他们。

*
　　　　　来，来，哪儿
　　　　　　　都没人打听——

我是那个人，我，
我躺在你们之间，我是
开放的，是
听得见的，对你们嘀嗒响，你们的呼吸
服从，我
还是那个人，而你们
睡着了。

*
   还是那个人——

多年。
多年,多年,一根
手指上下摸索,四处
摸索:
缝合处,能感觉到,这里
它裂开豁口,这里
它又合起来了——谁
掩盖它?

*
   掩盖
    它——谁?

来,来,
来了一个词,来,
穿过黑夜而来,
想照亮,想照亮。

灰,
灰,灰。
黑夜。
黑夜和黑夜。走
向那眼睛,向那湿润的。

*
   走
     向那眼睛,
       向那湿润的——

飓风。
飓风,刮自有史以来,
微粒飘舞,别的,
你
知道,我们
在书里读到的,只是
意见。

只是,只是
意见。我们
如何抓住
彼此——彼此用
这些
手?

还写道。
哪里?我们
给它罩上沉默,
毒成无声,巨大,
一种
绿色的

沉默，一种萼片，一种
关于植物悬挂在那里的观念——
绿色，是的，
悬挂，是的，
在狰狞的天空
下。

是的，
植物的。

是的。
飓风，微粒
飘舞，尚有
时间，有时间
用石头来试试——它
很好客，它
不插嘴。我们
多么幸运：

颗粒状，
颗粒状和纤维状。多茎，
密集；
成簇而明亮；腰子形，
扁平和
团块状；松散，分
杈——：它，它

不插嘴，它
说话，
高兴地对干涸的眼睛说话然后闭上它们。

说话，说话。
只是，只是。

我们
不让步，站在
中间，一座
多孔建筑物，于是
它来了。

朝着我们来，
穿过我们，看不见地
缝补，缝补至
最后的膜，
而
世界，一个千晶体，
喷射，喷射。

*

     喷射，喷射。
       然后——

重重黑夜，分解。圆圈，
绿色或蓝色，猩红色
正方形：世界
把它的最深处拿出来
与新时辰
争胜负。——圆圈，

赤色或黑色，明亮的
正方形，没有
飞行影子，
没有
平板仪，没有
烟灵魂升起来加入竞争。

*
    升起来
        加入竞争——

在猫头鹰飞行中，在
石化麻风旁，
在
我们逃逸的手边，在
最新的拒绝中，
在

练靶的
断墙上:

可见的,再
一次:那些
凹痕,那些

当年的唱诗班,那些
赞美诗。和,和
散那。

因此
依然有庙宇。一颗
星
可能依然有光。
没有,
没有什么失去。

和
散那。

在猫头鹰飞行中,这里,
地下水踪迹的
昼灰色的谈话。

*
　　　（——昼灰色的，

　　　　　　地下水踪迹

　　　　　　　　　　　　的——

驱进了

地形里

带着确实无疑的踪迹：

草，

草，

被拆散来写。）

1 "密接和应"：音乐术语，亦称为密接模仿，指赋格曲或赋格段中主题声部尚未全部完毕之前，模仿声部就提早出现的模仿做法。费尔斯蒂纳说，策兰这首诗确实有赋格"密接和应"的用意。德语原文标题"Engführung"的字面意思是"狭窄地引领"或"引入窄道"，符合此诗的内容与形式。英译标题原应为《变窄》（这也正是汉伯格的译法），但是当一个法语译本在准备的时候，策兰同意把标题改为《密接和应》。后来的英译本，例如费尔斯蒂纳和约里斯的译本，都译为《密接和应》。策兰在谈到这本诗集的组诗时说，它们"不只是结构上的（尽管也是），而且也是最重要的是，它们是很多年岁、很多时辰和很多（我是否可以说？那可怕的）音顿。这些词语，这些声音，我曾真正紧窄地引领它们——曾经让我自己紧窄地被它们引领——进入最后一首诗的那种不可阻挡性"。这首诗是策兰最重要也是最难解的诗之一，但开头和重复开头的结尾似乎最为关键。按照费尔斯蒂纳等研究者的阐释，第一个词

"Verbracht",策兰审定的该诗法语译文,使用 deporte[被放逐（者）,被关进集中营（者）] 一词。但是策兰在翻译阿伦·雷奈关于死亡集中营的纪录片《夜与雾》画外音的文字时,法语 deporter（放逐）在德语里译为 deportieren。deportieren 这个词常被用于官方文件,用来指把囚徒或人口递解出境,带有抽象和委婉的色彩。为了避免这种委婉语,费尔斯蒂纳避开了同源的英语词 deported,而是联想到被拘留者对 verbracht 的地道使用法,于是把它翻译成"带走,带进"。又由于策兰曾说他自己在劳动集中营 "verbracht"（消耗,度过）战时岁月,故约里斯把这个词译为"消耗（进）"。但更早的汉布格尔经典译本把这个词译为"驱（进）",似乎更可取。开头第二节的"草,被拆散来写":《旧约》里多次提到"草":"人如草""日子如影衰微,我如草枯萎""至于人,他日子如草";草被"拆散",结合开头的"驱",就不言而喻了。费尔斯蒂纳还引用两位研究者的看法,"拆散来写"就其中一个含义来说,其实明明白白,就是把"草"字拆散来,也就是"换音法"或"回构法"或"倒写法":德语 gras 倒写倒读就是 sarg（棺材）。关于"草"在德语或西方语脉中的意思,如果中文读者想想"草菅"这个词在汉语语脉中的意思,就不难明白一二了。有些句子看似莫名其妙,但细品一下,其实也"明明白白",例如"你的时辰没有姐妹",也许就是"独时",就是最后时辰——死亡。在本诗第六部分也即最长的那部分里,"别的……只是意见"这一段,费尔斯蒂纳解释说,策兰读过德谟克利特,而德谟克利特有句名言:"除了原子和空间,什么也不存在,别的都只是意见。"关于倒数第二部分里的"和散那",其普通意义是指赞美上帝之语,希伯来语的原意则是"救救我们！"。费尔斯蒂纳认为,策兰在这里是以结结巴巴或嘲笑的方式说出"和,和／散那"（Ho, ho-／sanna）,其意思就变了。甚至有评论者认为"和,和"（Ho, ho-）隐含对德国纳粹进行曲"我们是希特勒褐衫队——好哇,嗬嗬（ho-ho）"的指涉。安妮·卡森说,这首诗写的是战时欧洲犹太人的遭遇,以及此事对战后欧洲文化的影响。而在策兰看来,这影响似乎微不足道。也许毫无影响。"我们给它罩上沉默",他写道。他描述一堵半掩埋的墙,墙上有子弹留下的凹痕,因为曾有大量的人站在墙前被射杀。然后有这样一段:"依然有庙宇。一颗星可能依然有光。没有,没有什么失去。"这句"没有什么失去"似乎是以一种怪异的反讽语气说出的。显然没有多少犹太人会相信虽然庙宇和星星依然存在，但没有什么失去。但这句诗也是"直白的含混"的一个例子。因为"没有什么（无）"按定义乃是一个空白的空间，里面不存在什么，是一种无效的存在，是我们作为存在物无法体验和无法知道的。我们也许可以说，策兰诗中描述的集中营的世界，确实就是人们体验存在的无效的地方。一个"没有什么（无）"被知晓的世界。一块印着黑太阳的蚀刻板。关于这个世界，对这些犹太人来说，真的可以说"没有什么失去"，如果"没有什么（无）"的本质乃是"不存在"的话。

无人的玫瑰

他们体内有大地

他们体内有大地,于是
他们挖。

他们挖他们挖,他们的白天
就这样过去,他们的夜晚。而他们并不赞美上帝,
他,他们听说,想要这一切。
他,他们听说,知道这一切。

他们挖可没再听到什么;
他们没长智慧,没发明什么歌,
没为他们自己创造什么语言,
他们挖。

来了一阵寂静,来了一场风暴,
所有的海洋全来了。
我挖,你挖,蠕虫也挖,
而那边的歌声说:他们挖。

啊有人,啊没有,啊没人,啊你:
路通往哪里当它不通往哪里?
啊你挖我挖,而我挖向你,
而指环在我们手指上醒来。

我们读过的

我们读过的
那句关于进入深度的话。
自那以后,很多年、很多话过去了。
我们还是那样。

你知道,空间无穷尽,
你知道,你不需要飞,
你知道,你眼睛里所铭刻的
深化了我们的深度。

苏黎世,鹳旅馆
　　——给内莉·萨克斯[1]

我们谈到太多,谈到
太少。谈到你
和一而再你,谈到
澄清怎样引起混乱,谈到
犹太性,谈到
你的上帝。

谈到
那。
某个升天日,
大教堂耸立在那边,它
射出的金光越过水面。

我们谈到你的上帝,我对他
没好话说,我让
我曾经有过的心
希望:
听到
他那最高的、发出死亡喉鸣声的,
他那争辩之词——

你的眼睛望着我,望向别处,

你的嘴巴
朝着眼睛说话,而我听见:

我们
不知道,你知道,
我们
不知道,什么
才是
重要的。

1 策兰和内莉·萨克斯于 1960 年在苏黎世鹳旅馆见面。大教堂就在旅馆对面,隔着利马特河。

如此浩瀚的群星

如此浩瀚的群星
呈现给了我们。当我望着你
——什么时候?——我已经
在外面,
在别的世界。

啊这些道路,银河的,
啊这个时刻,它为我们
而把一个个黑夜掂量,
变成我们名字的负担。我知道,
说我们活过了,
这并不是真的,在
与不在之间,无非是
一呼吸之间,而有时候
我们的眼睛彗星般急驰
飞向深坑里熄灭的事物,
而在它们焚毁的地方
站着乳头生辉的时间,
她身上一切存在或曾经存在
或即将存在的事物
都已经生长和衰微
和消失——

我知道,
我知道你也知道,我们曾经知道,
我们曾经不知道,我们
毕竟曾经在,又不在,
而有时候,只有当
我们之间隔着虚空我们才
畅通无阻地抵达彼此。

你今晚在那边

你
今晚在那边。
我用词语把你请回来,你在这里了,
一切都是真实的,并且是一种
对真实的等待。

菜豆藤在我们窗口
攀缘:想一下
谁在我们近旁生长着
并观察它。

我们读到,上帝是
一部分和一瞬间,一个零散者:
在所有
被割倒者的死亡中
他自己长成了整体。

我们的目光
把我们引向那里,
我们正是跟
这一半
维持关系。

在这或那只手上

在这或那只手上,都有
星星为我生长,远离
所有天空,接近
所有天空:
在那里醒来
是怎样一番景象!世界
怎样为我们打开,就直接从我们自己中间
穿过!

你在
你眼睛所在之处,你在
上面,在
下面,我
找到我的出路。

啊这漫游的空荡的
热情待客的中间。分开,
我就掉向你,你就
掉向我,远离
彼此,我们就
看穿了:

那

相同

已经

失去我们，那

相同

已经

忘记我们，那

相同

已经——

十二年

那行
保持真实并
变成真实的诗：……你
在巴黎的房子——变成
你双手的祭坛。

三次彻底呼吸，
三次彻底照亮。

……

它哑了，它聋了，
在我眼睛背后。
我看见那毒药开花。
以各种词语和形状。

去。来。
爱抹掉它的名字：它
把自己归属于你。

闸 门[1]

在你这一切悲痛
之上：没有
第二个天空。

……

对一个
原本含着千词的嘴巴，
失去了——
我失去了一个
仅剩给我的词：
姐妹。

对
多神崇拜，
我失去那个寻找我的词：
珈底什。

我必须
穿过闸门
把那个词救回来
进出和横渡咸洪水：
伊思阔。

1　当策兰去见马丁·布伯，他经历了深深的道德失望，于是写了这首关于"失去"和"救回"某些词的诗。那是1960年9月，布伯去巴黎，策兰刚从斯德哥尔摩与内莉·萨克斯一次不如意的见面后回来，他给布伯打电话并到布伯下榻的酒店见对方。策兰带了布伯的书让他签名，并切实跪下来接受这位八十二岁老人的祝福。但这次致敬很糟糕。策兰想知道，在纳粹大屠杀之后，继续用德语写作并在德国出版，是怎样一种感觉？布伯显然有所迟疑，表示在德国出版是很自然的，并对德国采取一种宽恕态度。策兰的关键需要，也即想听到他的苦难的回声，布伯无法或不愿领会。回来之后，策兰写了这首诗。诗中谈到两个失去的词，一个救回的词。"姐妹"可能是指战争中死去的亲人，也可能是指策兰亲爱的朋友萨克斯，后者正处于精神紊乱，并在策兰去斯德哥尔摩想去医院探访她的时候拒绝他的要求。珈底什（Kaddish）是阿拉姆语（属闪米特语族），意为"神圣"；也是犹太人的祈祷文，由死者亲人念诵。对策兰来说如果这两个词失去了，那么对普通人类和宗教安慰的期待也就失去了。他是在描述一种时下关于亲属的理念和救赎的理念都难以覆盖的悲痛。在"没有第二个天空"之后出现的省略，消除了诗人任何可能投向天空、希望有一个选择的目光。然而，在没有选择、安慰或崇拜的情况下，诗人依然葆有一个行动——与诗集《语言栅栏》这个书名相同的行动。诗人的工作是清理词语并救回清理好的词语。"我必须穿过闸门"，他穿过闸门去救回"伊思阔"（Yizkor）。这是一个希伯来词，意思是"愿上帝记得"，它也是一种纪念仪式的名字，在仪式开始时念诵这个祈祷文。"伊思阔"如同"珈底什"，都是纪念死者，但这两种祈祷文的历史和特点是不同的。因为珈底什原本并不是与哀悼或死亡联系在一起的，事实上还是一种赞美祈祷文，由一位哀悼者从众人当中站起来，尽管哀伤但依然祝福上帝的名字。念诵珈底什乃是在死亡面前坚信上帝的审判，类似约伯的哀号："他要杀我，我依然信任他。"对策兰来说，这个信任和赞美的词已经失去了。但你仍然抓住"伊思阔"。安妮·卡森说，她曾就这个词请教一位朋友，朋友说，这个词最初只是作为赎罪日的祈祷文，通过回忆人在大地上的最后命运来提醒人们祈祷的重要。在十字军东征的时候，当成千上万的犹太人被狂热的十字军战士杀害时，伊思阔增添了额外的意义，用于表达整体犹太民族的哀伤。在当代的伊思阔祈祷中，加进了对六百万大屠杀受害者的特别祈祷词。总之，伊思阔强调记忆，强调上帝与所有人一起记忆。

带着我所有的思想

带着我所有的思想我
走出世界：你在那儿，
你，我安静、我打开的人，而——
你迎接我们。

谁
说一切随我们而死
当我们两眼翻白？
一切醒来，一切开始。

伟大，一个太阳漂泊；光明，
灵魂和灵魂对抗它；清晰，
它们强迫太阳在轨道上
寂静无声。

轻易地
你的子宫打开，平静地
一口呼吸飘上太空
而那变成云的，它不就是，
它不就是一个来自我们的形状吗，
它不就
像一个名字那样好吗？

赞美诗

无人再用泥土和黏土捏出我们,
无人给我们的尘土驱魔。
无人。

赞美你的名字,无人。
为了你
我们将开花。
朝着
你。

我们曾经是,
现在是,仍将是
什么也不是,开着花:
那什么也不是——,那
无人的玫瑰。

带着
我们那灵魂明亮的雌蕊,
我们那天空荒废的雄蕊,
我们那被我们
在,啊在
荆棘之上歌唱的深紫色词染红了的
花冠。

图宾根,一月[1]

眼睛被说
服成失明。
他们的——"一个谜
是纯粹的
源发物"——他们的
记忆中
海鸥盘绕的,流动的荷尔德林
塔楼。

溺水的木匠们
对这些淹没的话的
探访:

要是
要是有一个人,
要是有一个人在今天,来到这世界上,
留着族长们的
光之胡须:他只能,
如果他谈论这个
时代,他
只能
反反复复地

咿、咿

呀呀。

("帕拉克什,帕拉克什")

1　"一个谜……"句,出自荷尔德林赞美莱茵河的诗句。帕拉克什(pallaksch)是荷尔德林晚年常说的一个词,意思是"有时候是,有时候不"。策兰在另一首诗《你也说》中说"不要分开是和不",亦可作参考。在这里,帕拉克什似是指分不清,或不敢、不想分清是非。

炼金术式

沉默,黄金般,在
烧焦的手里
烤着。

伟大、灰色
姐妹般的形象
亲近如所有那些消失者。

所有那些名字,所有那些
和其他
一起焚毁的名字。如此多
需要被祝福的灰。如此多
在轻飘飘的
如此轻飘飘的
灵魂光环上方
赢得的
土地。

伟大、灰色的。没有
炉渣。

你,那时。

有着被咬开的
青灰色花蕾的你,
葡萄酒洪流里的你。

(我们,难道你不觉得,
也是这个被弃置的时钟?
很好,
很好,你的话怎样经过我们这里而死去。)

沉默,黄金般,在
烧焦,烧焦的手里
烤着。
手指虚幻如烟。像顶冠,周围空气的
顶冠——

伟大、灰色的。不
醒的。
帝王
般的。

……泉水哗啦

来自我的沉默的
祈祷的你们,亵渎的你们,
祈祷般锋利的
尖刀的你们。

跟我一起伤残的
我的词语的你们,我的
刚直者的你们。

还有你:
你,你,你,我的
每天真实然而更真实地破损的
那些玫瑰的
后来者——

多少,啊多少
世界。多少
途径。

拐杖的你,翅膀的你。我们——

我们将会唱童谣,那支,

你听到了吗,那支
有人,有类,有人类的,那支
有灌木丛和有
那双已经泪汪汪的
眼睛
的。

根,母体[1]

如同一个人对石头说话,像
你,
从深渊对我,从
一个你成为
我姐妹的
家乡,被抛
弃的人,你,
很久以前的你,
一夜之无中的你,
一而再的夜的相
遇中的你,你,
一而再的你——

那时,当我不在那里,
那时当你
在犁过的田野上踱步,独自:

谁,
那是谁,那
家族,那被杀者,那
黑黑地耸入天空的:
茎和丸——?

（根。

亚伯拉罕的根。耶稣的根。无人的

根——噢

我们的。）

是的，

如同一个人对石头说话，像

你

用我的双手摸入那里

并摸入无，这就是

这里所有的：

这沃土[2]

也裂开，

这

下去

是一个野蛮

盛放的花冠。

---

1 标题原文为拉丁语"Radix, Matrix"，"matrix"还有"子宫"的意思。

2 "沃土"在原文里亦有"胎盘"的意思。

对那个站在门口的人[1]

对那个站在门口的人,在某个
傍晚:

对他
我开口说话——我看见他小跑
朝着甲状腺肿块,朝着
那个
半烤的,生于
一只步兵泥垢靴的兄弟,那个
有着神似的
沾满血的
壮腰的
喊喊喳喳的小矮人。

拉比,我咬咬牙,拉比
勒夫:

为了这个人——
割掉包在词上的皮,
为了这个人
把活跳跳的无
刻写在他灵魂上,

为了这个人
伸开你那两根
伤残的手指
作出永健
永全的祝福。
为了这个人。

……

关上傍晚之门，拉比。

……

拉开清晨之门，拉——

---

1 拉比勒夫，十六世纪布拉格犹太喀巴拉（神秘哲学）拉比，据说曾用黏土塑造了一个有生命的泥人。

曼多拉[1]

杏仁里——杏仁里住着什么?
无。
杏仁里住着无。
它住在,住在那里。

无里——住着什么?国王。
国王,国王住在那里。
他住在,住在那里。

  犹太人的鬈发,你永不会变白。

而你的眼睛——你的眼睛住在什么上?
你的眼睛住在杏仁上。
你的眼睛住在无上。
住在国王上,对他依然忠实、赤诚,
它就这样住着,住着。

  人类的鬈发,你将不会变白。
空杏仁,国王蓝。

1　指耶稣或马利亚圣像周围的椭圆形（杏仁形）光轮。费尔斯蒂纳认为，"无"变成了一个被消灭的民族和他们的上帝。"犹太人的鬈发，你永不会变白"令人想起欧洲正统派犹太人头侧的鬈发和策兰那位"头发绝不是白色"的母亲。在诗结尾，"犹太人的鬈发"一变而成"人类的鬈发"。由于纳粹宣称犹太人是"次人类"，因此策兰诗中从"犹太人"转向"人类"，就不仅仅是把犹太人的状况普遍化，而是针对那种把犹太人从人类割裂出来的种族主义立场，并使杏仁充满了国王般的威严。

锐化点

矿石暴露，结晶体，
晶洞。
未被书写的事物，硬化
成语言，暴露
一个天空。

（朝上扔出去，揭示，
十字路口，因此
我们也是躺着。

曾经在它前面的门，黑板
和黑板上那颗被杀死的
粉笔星：现在
就是一只——阅读的？——眼睛拥有的。）

通往那地方的道路。
森林时辰，沿途
嘎吱响的轮辙。
采
集的
裂开的小
山毛榉果：乌黑的

豁口,被手指质问,
那手指
想着
——想着什么?

想着
不可重复的,想着
它,想着
一切。

通往那地方的嘎吱响轮辙。

某种移动的,不礼貌
如一切转入内心之物的东西,
正在来临。

那些明亮的[1]

那些明亮的
穿过空气的石头,那些明亮
白色的,光的
携带者。

它们将
不会落下,不会掉,
不会砸。它们打
开,
像薄弱的
篱笆野蔷薇那样铺展,
它们朝着你
盘旋,我安静的人,
我真实的人——:

我看见你,你用我这双
崭新的,我这双
人人的手拾起它们,你把它们
放入那不需要有人为之哭泣或为之命名的
再度明亮里。

1 费尔斯蒂纳说,这首诗是策兰写给妻子的。

有马戏团和城堡的下午[1]

在布雷斯特,在一个个火焰圈前,
在老虎跳跃的帐篷里,
在那里,有限啊,我听见你歌唱,
在那里我看见你,曼德尔施塔姆。

天空悬在泊船区之上,
海鸥悬在起重机之上。
有限唱什么,恒常是什么——
你,炮艇,被叫作"鲍巴布"号。

我向那面讲一个俄国词的
三色旗敬礼——
失去的事物是没有失去的事物,
心是一个被加固的地方。

1 1961年夏天,策兰与妻子吉塞勒在法国布列塔尼邻近吉塞勒母亲修道院的地方度假。有一天下午在布雷斯特,策兰看见马戏团用火焰圈表演了一个子午环,那一刻,他突然想起或者说看见了曼德尔施塔姆。

凯尔莫尔凡[1]

你小小的矢车菊星，
你桤木、山毛榉和羊齿草：
有你们这些亲近者我走向远方，——
回我们陷入罗网的家乡。

长胡子的松树躯干旁
悬着黑色的桂樱果实。
"我爱，我希望，我信仰，"——
小鹬嘴贝张开大口。

一句话说——给谁？给它自己：
服侍上帝者统治[2]，——我能
读懂，我能，它变得更亮，
远离"我听不懂"[3]。

---

1 据研究者考证，凯尔莫尔凡（Kermorvan）是指法国布列塔尼地区特雷巴布的凯尔莫尔凡城堡。策兰和家人曾在毗邻城堡的楼房租了一套度假公寓。

2 原文为法语"servir dieu est régner"。该铭言是凯尔莫尔凡家族镶在城堡大门顶上的纹章的铭文的一部分。

3 原文"Kannitverstan",据称是荷兰语音译。该词(句)是德国作家约翰·彼特·黑贝勒一个著名故事的标题。故事讲一个外国人在阿姆斯特丹向当地人询问几件事,得到的回答都是"Kannitverstan",但他没有意识到他们根本不知道他在说什么,反而以为"Kannitverstan"就是答案。

发生了什么？

发生了什么？石头走出高山。
谁醒来？你和我。
语言，语言。伴星星。邻地球。
更穷。开放。很故乡。

去哪里？通向那余音不绝的。
和石头，和我俩一起去。
心和心。觉得沉重。
更沉重。轻松些。

在不死的词跌落之处

在不死的词跌落,落入
我前额背后天空的深谷,
与唾沫和污物为伍之处,仍有
七扦枝星花和我活着。

夜屋里的音韵,粪肥中的呼吸,
眼睛成了图像的奴仆——
然而:一种直立的沉默,一块石头,
避开恶魔的楼梯。

眼观世界[1]

在全是歪斜的眼睛里——读那里：

那太阳、那心的轨道，那
嗖嗖而过的，可爱的徒然。
那些死亡，和死亡
催生的一切。那条
埋葬在这里并且
依然悬挂在这里，在苍穹中
在临渊处的
世代之链。所有
被呼啸的词语之沙
钻孔的脸上字迹——微型的永恒，
一个个音节。

一切事物，
哪怕是最沉重的，也都
羽翼丰满，没有什么
能够阻挡。

[1] 标题原文为法语"Les Globes"，字面意思是球状物，既指星球，也指眼球。这里结合上下文，采取意译——或者这才是直译？

痛，这音节

它把自己给到你手里：
一个你，不死，
在那里所有的我遭遇自己。一个
无词的声音的旋涡，空的形象，一切
都汇入那里，混合，
不混合又
再混合。

而数目也同样
与不可计的数目
互相交织。一和一千
和之前和之后的
都比它自身更大
和更小，完全
成熟，转变来
转变去，变成
萌芽中的永不。

忘记的事物
抓住要被忘记的事物，
地块，心块，
浮游，

沉没和浮游。哥伦布，
眼里有不凋
花，母亲
花，
他谋杀桅杆和帆。一切出发，

自由，
探索的，
风玫瑰开花褪色，掉下
叶子，一个海洋
成堆成堆突显突显地盛开，在舵盘
乱转的黑光中。棺材里，
骨灰瓮里，礼葬罐里，
儿童们醒来——
碧玉、玛瑙和紫晶——民族，
部落和亲属，一个盲目的

要有[1]

将自己结成一根根有蛇头的
自由绳—— 一个
结
（还有反结倒结又结双结一千
个结），被
深渊里那窝
长着狂欢眼的貂族星星

逐字,逐字,逐字,
读出来,读出来。

1　这里有《创世记》中"要有光"的回响,多个英译本均如此译。但最近有论者指出,尽管这里有《圣经》的回响,但是策兰原文"Es sei"意思是"就那样吧""但愿"等,而德语《圣经》里的"要有"是"Es werde"。

一切都不同于你想象的[1]

一切都不同于你想象的,我想象的,
那面旗仍然在飘扬,
那些小秘密仍然完整,
它们仍然投下阴影,靠着这个
你活着,我活着,我们活着。

你舌上的银币溶化了,
它有早晨味和永远味,一条
通往俄罗斯的道路升向你的心,
那株卡累利桦树
已在
等待着,
奥斯普这个名字走向你,而你跟他说了些
他已经知道的,他从你那里拿了并接受了它,用双手,
你从他肩膀上拆下手臂,右臂,左臂,
你把你自己的装上去,连带双手、手指、线,

——那被切断的又连接起来了——
你拥有它了,那就拿去吧,你两样都有了,
那名字,那名字,那手,那手,
那就把它们拿去,像信守承诺那样留着,
他也把它拿去,你再次拥有

那属于你的,那曾是他的,

磨坊

把空气推入你的肺,你划着
词语之光,穿过水路,咸水湖,
运河,
船尾没有为什么,船头没有去哪里,一只公羊的角把
　　你提起来
——长鸣!——
像一个号角吹响,越过众夜上空进入白天,占卜师
彼此吞噬,人
有他的和平,上帝
也有他的,爱情
回到床上,女人的
头发又长起来了,
她们乳房上
萎缩的蓓蕾
又浮现,生命——
它朝着健康线,在你那只
攀登狮子路的手里醒来,——

它叫什么来着,你那
山背后,年背后的国家?
我知道它叫什么。
它的名字就像冬天的故事,
它的名字就像夏天的故事,

你母亲的三年地，这就是它曾经是的，
它现在是的，
它到处流浪，像语言，
扔掉它，扔掉它，
然后你又会拥有它，像那另一样东西，
那来自
摩拉维亚山谷的鹅卵石，
你的思想把它带去布拉格，
放在那个墓头上，那些墓头上，进入生命，
如今
已过去很久了，像那些书信，像所有
那些灯盏，又一次
你必须寻找它，它在那里，
一个小东西，白色，
在角落里，它就放在那里，
靠近诺曼底-涅曼——在波希米亚，
那里，那里，那里，
在屋子后，在屋子前，
它是白的，白的，它说：
今天——这才重要。
它是白的，白的，一条水流
穿行而去，一条心流，
一条河，
你知道它的名字，河岸
长满白天，像那个名字，
你探手感触它：
阿尔巴。

1　综合卡特娅·加洛夫和费尔斯蒂纳等人的解释,这首诗充满了个人回忆和东欧城镇、风景、河流的名字,为一种抵抗理念提供更多的实质,而该抵抗理念源自不完整的哀悼。乍看,这首诗似乎比《无人的玫瑰》中的某些诗更给人以希望,因为那些诗更公开地指涉东欧无可救赎的暴力、死亡和毁灭。但是这首诗的冥府主题和对犹太人纪念习俗的指涉,表明这首诗同样是在与记忆和哀悼的种种困难搏斗。所谓冥府主题是这首诗类似于古典诗歌中的游冥府,而这在第二节中提到的"你舌上的银币溶化了"就已经近于明示了。这是指在死者口中放置一枚银币,死者可以用它来支付渡过冥河奔赴冥府的费用,这暗示了诗中的东欧之旅事实上是去探访(未被埋葬的)死者之地。所谓犹太人的纪念习俗包括在死者墓头放置石头,以及"长鸣"(Tekiah),它是犹太教新年和赎罪日仪式上吹起的羊角号的声音,犹太哲学家迈蒙尼德曾说,号角声是在说:"睡眠者,从你们的昏睡中醒来!"诗的中心人物是曼德尔施塔姆和策兰的母亲。在《无人的玫瑰》出版前几年,策兰一直在翻译曼德尔施塔姆的诗歌,他还把《无人的玫瑰》献给曼德尔施塔姆。翻译曼德尔施塔姆有复活这位俄罗斯诗人的暗示,如桦树在俄罗斯代表春天,也是复活的暗示。"冬天的故事"同时指涉海涅的《德国:一个冬天的童话(亦可译为"故事")》和莎士比亚的《冬天的故事》。在莎剧中,一位母亲在波希米亚死去又复活。策兰的母亲曾在波希米亚避难三年,策兰相信母亲这三年对他本人很重要。把石头从摩拉维亚带往布拉格,则暗示把策兰的祖母的墓头(她死在摩拉维亚)带往卡夫卡或拉比勒夫的墓头(参见《对那个站在门口的人》)。诗中的"船头没有去哪里","船头"在德语里是"bug",这里策兰使用双关语,暗示乌克兰的布格河(Bug),那里正是策兰父母不知道"去哪里"的地方。"诺曼底–涅曼":涅曼河位于普鲁士东部。策兰曾在其诺曼底农舍写信说:"我们最近在离这儿不远的地方看了一部关于那支帮助击溃纳粹的诺曼底–涅曼飞行中队的电影。"诗中各种人名和地名的"结集",最后"集结"在最后一段最后一个词阿尔巴(Alba),拉丁文里意为"白色",亦有"黎明"(暗示东方)的意思,同时暗示易北河(Elbe)——在策兰母亲第一次世界大战期间流亡波希米亚时居住的地方附近。

换 气

你可以放心地

你可以放心地
用雪来款待我:
每当我阔步穿过夏天
与那棵桑树肩并肩,
它最年轻的叶子
就尖叫。

数 字

数字,与
图像的厄运
和反厄运
联手。

盖在上面的头颅,
其无眠的太阳穴
有一把鬼火般
忽闪的锤子
在以世界节拍歌颂
这一切。

扬起朝大地方向高歌的风帆

扬起朝大地方向高歌的风帆
天空的沉船启航了。

你的牙齿紧咬着
这首木歌。

你是歌声牢固的
三角旗。

太阳穴钳子 [1]

太阳穴钳子
被你的颧骨盯着。
钳子闪烁银光
当它们夹住:
你和你剩余的睡眠——
很快
就是你的生日。

1 约里斯在这首诗的注解中说,策兰的儿子弗兰索瓦死于处理不当的产钳分娩。费尔斯蒂纳在注释中说,策兰曾在生病的不同时期接受过"震荡疗法",意指头上夹着夹子接受电击。奥托·玻格尔则认为,这首诗可能会使人以为是说灰白的双鬓像两把钳子夹着头,出生的欢乐抗拒老年的经验。更有可能的是,太阳穴钳子是指分娩用的产钳,即使它们夹住了头,也依然闪着银光。"你"和你睡眠的残余必须被带给出生。残忍地说,这首诗讲的是用产钳协助的"舍金纳"(神灵显现,显现时光芒四射)的分娩,也即试图通过高超的诗歌技巧为我们的时代引出从前的神秘经验的残余。

站 立

站立,在空气中一道
伤疤的阴影里。

不为谁不为什么而站立。
不被认识,
只为
你。

和一切内部有房间的事物一起,
甚至没有
语言。

与受迫害者

与受迫害者达成迟来、难以
沉默的,
发光的
盟约。

黎明的测深锤,镀金的,
紧贴着你那共
起誓,共
探研,共
书写的
脚跟。

棉线太阳

棉线太阳们
在暗灰色荒野上空。
一种
树般高的思想
调节成光之高音:在那
人类的彼岸仍有歌
等待被唱。

在蛇马车里

在蛇马车里,经过
那棵白柏树,
他们驱逐你
穿过洪流。

但在你身上,从
出生开始
另一个源泉就冒泡,
贴着
记忆的黑光线
你爬向白天。

我认识你

（我认识你，你是那低低俯身的，
而我，被刺穿而过的，臣服于你。
哪里燃起一个词来为我俩作见证？
你——完全真实。我——完全妄想。）

可歌唱的剩余

可歌唱的剩余——他的
轮廓,他通过
镰刀笔迹独自无声地
突破,在雪地。

在彗星
额头下
旋转,
那目光主体吸引
晦暗、微型的
心卫星带着从外面
捕获的火花
朝着它漂移。

——被剥夺能力的嘴唇,宣布,
还有事情发生,
离你不远。

当白色袭击我们

当白色袭击我们,在夜晚;
当从布施壶流出的
多于水;
当皮开肉绽的膝盖
向那奉献仪式的钟声做出这个暗示:
飞呀!——

那时
我仍然是
完整的。

今天就变瞎吧

今天就变瞎吧：
永恒也充满了眼睛——
里面，
那一路帮助各种图像
涌至的东西溺死了；
里面，
那把你从语言里带走的东西消失了，
它曾以一种姿态使你摆脱出来——
而你曾允许那姿态
像用秋天和丝绸和虚无做成的
词语之舞那样发生。

黑

黑
如记忆的伤口,
眼睛挖寻你
在这块被心之牙
咬亮的弹丸之地,
依旧是我们的床的王室之地[1]:

通过这个矿井你必须来——
你来。

在种子的
意义上
大海在你最深处用星光照出你,永远地。

命名总有结束的时候,
我把命运投到你身上。

---

1 王室之地(有行政区"州"的意思),指策兰的故乡布科维纳,现属乌克兰。

带瓮灵的风景

带瓮灵的风景。
从烟之口
到烟之口的对话。

他们吃：
那些疯子的块菌，一大坨
未埋葬的诗歌，
找到一个舌和一颗牙。

一滴泪滚回它的眼睛里。

朝圣者的贝壳
那成了孤儿的
左半边——他们把它给你，
然后束缚你——
倾听并照亮这空间：

针对死者的炼砖游戏
可以开始了。

写出来的,空洞

写出来的,空洞,说
出来的,海绿,
在港湾里燃烧,

在液化的
名字中
海豚奔窜

在这里,在永恒化的无处,
在对过度喧响的钟声的
记忆里——但在哪里?

谁
在这
影子方形里
急喘气,谁
从下面
发出微光,发出微光,发出微光?

哪里?

哪里?
在夜里崩塌的岩块中。

在悲痛之瓦砾和冰碛中,
在最缓慢的喧嚣中,
在被称为永不的智慧矿井中。

水针
缝合破裂的
影子——它拼尽气力
跃入更深处,
自由。

溶 解[1]

去除了复活节的
墓树被劈成
供燃烧的木材:

经过有毒的
巴拉丁领地,经过大教堂,
逆流而上,
顺流而下,

被飘零的火花,被
已经失散
成无数
有待说出的
说不出的名字所
维系的
获救的文字所
分布的
自由标点符号
浮载着。

1 这首诗和接下来的诗《凝结》,常常被拿来一起讨论。安妮·卡森说,"溶解"(solve)和"凝结"(coagula)是两个命令式动词,指的是炼金术过程中的两个阶段:"分离!"和"化合!"。在炼金术配方中,这些动词往往以复数形式出现。炼金术士尼古拉·瓦卢瓦说:"溶解肉体,凝结精神。"策兰把这个命令单数化,也许是因为从第二首诗开头几行看,他是在对罗莎本人说话。在炼金术活动中,"溶解"是把原初物质的元素分离。在这个阶段,元素变黑,经历一次"死亡",因而被炼金术士称为"黑化"。"凝结"是固化的最后阶段,也是该炼金术过程的目标。它发生在元素"复活"之后,其标志是红颜色,因而被称为"红化"。这首诗出动又撤回,其运动是从黑到红,从木材到灰烬,从书写符号到罗莎的伤口。在《溶解》一诗中经历溶解的原初物质的元素包括基督教,因为复活节的树被劈成木材并漂流而去;还有命名,因为那把文字(书写)分离成不可命名的名字的标点符号在燃烧:全都分散地漂流着。在《凝结》中,所有这些溶解都停止了,开始凝固。基督的复活节的痛苦在罗莎的伤口上凝结。移动的火稳定下来成为灰烬。零散的文字以致命的面目出现:会说话的枪托(烧瓶)。《凝结》的这些特征可以在它们对炼金术程序和对罗莎·卢森堡的双重指涉中分析。"沙床上空的星光"有可能是指炼金术士在黑化阶段结束时寻找天上的征兆。策兰在这里以"你的罗马尼亚水牛的角光"来替代这个征兆。有批评家发现,这里指涉策兰所熟悉的卢森堡一封信,信中描述她从监狱窗口目睹罗马尼亚水牛遭毒打"直到伤口流血"的场面。她怀着最深的同情表示,划破水牛皮是多么困难,"以其坚固而闻名"。在卢森堡生命的最后时刻,有流血的场面。残害她的人在她头上绑上枪托,然后把她扔进运河里。另有批评家指出,罗莎还指涉策兰往昔的朋友罗莎·莱博维奇,罗莎来自摩尔多瓦,那是诗中提到的罗马尼亚水牛的故乡。《凝结》的最后诗行把我们带到"红化",那是一种可怕的转化,不同于炼金术士的高贵程序,因为炼金术士的程序乃是把贱金属"治愈"成黄金。炼金术的变化似乎总是积极的,不会卷入退化,除了作为一个更快乐的过程的中间阶段。策兰是一个"希望渺茫"的人。他的诗不假装参与快乐过程和积极变化。然而他确实建立一种专注的行为——那是从遗忘里抠出来的——它来回运动,留下更大的生命的残迹。《溶解》和《凝结》并不构成一种墓志铭,但是它们测量了一种交换运动,拉引和召唤。罗莎·卢森堡和那些数不清的名字都没有被这个运动所拯救,除了被作为写作的运动所拯救。这写作并非徒劳。

凝 结[1]

还有你的
伤口,罗莎。

以及你的罗马尼亚
水牛的角光,它替代
沙床上空的星光,
在会说话的
灰烬之力那强大的
赤红色
烧瓶中。

---

1 费尔斯蒂纳说,"罗莎"触及三个重要记忆。策兰早年曾与一个名为罗莎的激进共产主义者有过一段情,她在不久前去世了;卡夫卡《乡村医生》有一个人物叫作罗莎,并使用过"你的伤口"这个说法;1917年罗莎·卢森堡在监狱中写信说,她目睹来自罗马尼亚的水牛被德国人残忍地毒打。诗人在诗中把他的青春、他与卡夫卡的亲近和他的政治支持凝结在那个"烧瓶"里。汉布格尔说,这首诗的初版,他把结尾的多义词"Kolben"译成"枪托",多年后,经过长期研究和琢磨,才终于确定在该词的五六种意思中,最接近上下文的意思应该是烧瓶(或曲颈瓶)。他以前没有把这首诗的政治含义与标题所暗示的炼金术联系起来。本诗注释另参考上一首诗《溶解》引述的安妮·卡森的解说。

一阵轰隆

一阵轰隆：那是
真理自己
走在人群
当中，
进入他们的
隐喻风暴。

那就淤塞吧

那就淤塞吧,
河岸上杂草丛生的寂静。

又有一个水闸。对着
那赘疣之塔,
你浑身微咸,
流尽所有。

在你面前,在
拼命划桨的巨型孢子囊中间,
一种明亮挥动镰刀猛割,仿佛词语
在大口喘气。

有一次

有一次
我听见他,
他正在洗世界,
看不见,彻夜,
真实。

一和无穷,
消灭了,
我了[1]。

光是。拯救。

---

[1] "我了":"我"作为动词。策兰告诉迈克尔·汉布格尔,原文 ichten(英译 ied)乃是"动词 ichen 的过去未完成式的第三人称复数"。所谓动词"ichen",用英语来说,就是"to i",也即"to work"这个意义上的"to i"。例如英语"I go to work"是"我去工作(上班)","I go to i"便是"我去我",后一个"我"是动词。伊恩·费尔利在《英译文学百科全书》中也引用了汉布格尔的这个解释,并说 ichten 的意思是"宣布我",暗示说话者作为第一人称单数的"我"的证词重复了超验的"一和无穷"被消灭,进入复数的"我"的过程。说出"我"可能是作为幸存者见证了日食的拯救。"我了"混淆了时间的各种可能的感知,向不止一种读法打开了一个拯救时刻,把过去事件召唤到现在来,作为一个有待回答的问题。

棉线太阳

法兰克福，九月 [1]

盲目、长着光之
胡须的隔板墙。
一场金龟子梦
照亮它。

背后，哀诉的屏面，
弗洛伊德的额头展开：

表面被沉默
硬化的泪水
随一句话爆破：
"最后一
次心理
学。"

伪
寒鸦
吃早餐。

喉塞音
歌唱。

1　根据多位英译者尤其是波波夫与麦克休的注释，标题指每年九月举行的法兰克福书展；"盲目"（失明）和"光之胡须"曾在《图宾根，一月》中被用于形容荷尔德林；"金龟子"（甲虫）：弗洛伊德《梦的解析》对金龟子的分析；"弗洛伊德的额头"：弗洛伊德、卡夫卡和策兰的著作出版者都是费舍尔出版社，该出版社展场隔板墙屏面上有弗洛伊德头像；"最后一次心理学"：引自卡夫卡，最早出现于《乡村婚礼的筹备》，这句引语在诗中起到了从弗洛伊德过渡到卡夫卡的作用；"寒鸦"：在捷克语里的发音是"卡夫卡"，不无关系的是，卡夫卡说他的名字在希伯来语里是"Amschel"（阿姆谢尔），而策兰原名"Antschel"（安彻尔）；"喉塞音"：德语原文"Kehlkopfverschlusslaut"，被认为即使是德语为母语的读者，读这个词也会喉塞。卡夫卡最后的日子极其痛苦，喉咙被感染堵塞，但他依然歌唱，其最后之作是《女歌手约瑟芬，或耗子民族》。"寒鸦"这个词在德语里是"dohle"，并非"kavka"（卡夫卡），但"寒鸦"在捷克语里是"kavka"，这也许是"伪寒鸦"的意思。鉴于策兰与德语的复杂关系，也许他也是"伪寒鸦"，也即"伪卡夫卡"，他也在用"喉塞音"歌唱，尤其是他在作品中多次把自己比喻为结结巴巴者。

痉挛,我爱你

痉挛,我爱你,赞美诗,

精子涂抹的人啊,你这峡谷
深处那一堵堵感觉墙兴奋了,

你,永恒的,去永恒化的,
永恒化的,非永恒的你,

嗨,

我把骨杖的擦伤
唱入你,唱入你,

红啊红,在那耻毛背后深远处,
在那洞穴里,弹奏竖琴,

外面,周围全是
无穷尽的不管什么的无正典,

你把绕了九次的
湿淋淋的粗毛小圈
掷向我。

谬见深处那一盎司真理

谬见深处那一盎司真理:

两个秤盘
滚动
经过它,两个
一起,对话。

奋力升至心的高度,
规律赢了,
儿子。

里昂,弓 [1]

铁尖头,竖
在砖壁龛里:
邻近的一千年
陌生它自己,不可抑制,
追随
你游移的眼睛,

现在,用目光的骰子,
你唤醒了,你身边那人,
她变得更沉重,
更沉重,

你也用你
身上的陌生化
来更深地陌生
你自己,

那唯一的
弦
在你们之间紧张它的痛苦,

那下落不明的目标

亮了,弓啊。

1 策兰曾在写这首诗之前几天的笔记里说:"弓咖啡馆,读《局外人》的女孩。"《局外人》法语原文和英译的字面意思都是《陌生人》。

真 理

真理被系在弃置的
梦的残遗上,成了
一个小孩,降临
山岭上。

山谷里那根
被泥块,
被碎石,
被眼睛种子
纠缠不休的
拐杖
拨开叶子浏览
高高地
盛开在花冠上的
不。

在雨水浸湿的足迹上

在雨水浸湿的足迹上,沉默
发表它那魔术师的小布道。

仿佛你能听见。
仿佛我还爱你。

钻孔的心

钻孔的心,
安装感觉。

大批量的家乡,
预制的部件。

同乳姐妹,
一把铲。

勤劳的 [1]

勤劳的
矿物资源，家庭的，

加热的词中省略，

不可破译的
大庆年，

一座高耸的
低层建筑物里被玻璃
围住的蜘蛛祭坛，

断续的声音
（还有？），
影子的空话，

适合冰敷，
准许飞行的焦虑，

披巴罗克斗篷的
语义上做了透视的，
吞咽语言的浴室，

一间站立式小室
未题写的墙,

这里

你就一直
过下去,没有时钟。

1 这首诗有很多暗示,费尔斯蒂纳做了也不能确定的注释:"勤劳的矿物资源"(埋葬的尸体?);"加热的词中省略"(火化某种失踪的东西?);"不可破译的大庆年"(可疑的《圣经》所说的复兴?);"玻璃围住的蜘蛛祭坛"(奥斯维辛陈列的头发和针织祈祷披肩?);"影子的空话"(死后还能说话?);"吞咽语言的浴室""语义上做了透视"(策兰翻译的死亡集中营记录片《夜与雾》描述了"既不能站也不能躺的牢房"和"被新来者误为浴室"的毒气室)。麦克休注释:"大庆年"(《旧约·利未记》说,大庆年将带来整片土地的解放,因为"你们各人的产业要归还自己",这是在讽刺德国战后奇迹?在讽刺上帝违背承诺?);"站立式小室"(可能是指奥斯维辛的拘留室,只能站立)。

当我不知道,不知道

当我不知道,不知道,
没有你,没有你,没有一个你

他们全都来了,
那些
自由的被砍头者,他们
终生无脑地歌唱
无你的,
部族:

阿施雷伊[1],

一个无意思的词,
越过西藏的,
射进
犹太女人
帕拉斯
雅典娜
戴头盔的卵巢,

而当他,

他,
胎儿似地,

用竖琴弹奏喀尔巴阡山脉的不不,

阿勒曼德舞
便绣起她的花边,为那
呕吐的不
朽的
歌。

1 原文"Aschrei",希伯来语,意为"幸福",出现于赞美诗中,被作为家庭祈祷的开首语。

你 是

你是我的死亡:
当一切脱我而去,
你是我能够抱住的。

我右边

我右边——谁？女死亡。
而你呢，我左边，你？

天外地方的
旅行镰刀
白灰灰地把它们自己
模仿成月亮家燕，
模仿成星星雨燕，

我潜到那个地方
把一满瓮
泻向你，
泻入你。

小鸥们,银闪闪

小鸥们,银闪闪,
恳求母鸥:
黄色下喙一个
红点。

黑色——一个
仿制头,向你证明——
会是更强烈的刺激物。蓝色
也有效果,但是
效果并不是颜色造成的:
它必须是
一个刺激物形状,一个整体,
完全的
构型,
一种预先赋予的传承。

……

朋友,
你这浑身焦油的套袋赛跑者,
在这里,在这
海岸上,无论

在时间或永恒的喉咙里,你都
走
错路了。

爱尔兰人

给我越过谷粒阶梯
进入你睡眠的通行权,
越过睡眠小路的
通行权,还有
明天,在心坡上
切泥炭块的
自由。

露 珠

露珠。而我和你躺在一起,你,在垃圾中,
一个稠糊的月亮
用答案掷我们。

我们溃散
又溃散成一体了:

主人掰开面包,
面包掰开主人。

墓穴中传递[1]

墓穴中传递
充沛的消息,在里面
我们随我们的
气体旗飘荡,

这里我们站在
圣洁性的
臭味中,没错。

烧焦的
彼岸浓烟
从我们毛孔漏出,

在每隔一个
龋齿的
洞中都醒来
一首不灭的圣歌。

你扔下给我们的那小团曙光,
来,也把它吞进去。

1　安妮·卡森对此诗有如下评论："策兰常常把一个否定的空间放置在他的诗的中心，例如龋齿的洞，使我们注意它填塞着什么：'不灭的圣歌'。这句诗是不是反讽而且不止于无望？"又说："事实上诗人在诗中一直缺席，到最后那个尖刻的句子才露面：他自己的诗的描写对象指示他把他自己那不值几毛钱的诗歌议论吞下去。"

近了，在主动脉弓里

近了，在主动脉弓里，
在明亮的血液里：
那个明亮的词。

母亲拉结[1]
不再哭泣。
现在所有哭泣
都已挺过去了。

静静地，在冠状动脉里，
不受约束：
齐弗[2]，那光。

---

1 拉结被称为犹太人的母亲，她是《圣经》人物，雅各的妻子，以色列人部族的始祖约瑟和便雅悯的母亲。

2 德语"Ziw"，英译"Ziv"，希伯来语，意思是神的光辉。据费尔斯蒂纳说，策兰在读朔勒姆的著作《上帝的神秘形状》时，注意到关于舍金纳（神的显现）的论述。神在内心的存在"能够显示一种非尘世的光辉——这通常被称为舍金纳之光（齐弗）"。策兰在这段话之下画线，并在页底记下"齐弗"，又在书后的空白页记下"P.143"，再在索引里找不到这个词时把这个词加插到索引里。

1967年，策兰写信给萨克斯谈到他们一起见到的这种光时写道："我也曾经在一首诗里，经由希伯来语，给了它一个名字。"有一次策兰看病时，在诊所阅读他新买的一本人类生理学手册，在有关心脏的部分注意到对冠状动脉的描述，里面提到动脉弓里"清晰（或明亮）的红血"。同时，他不知怎的想起了朔勒姆的那段描述：神的"非尘世的光辉"，以及想起《耶利米书》中那个被朔勒姆称为"拉结母亲为她流亡的孩子们哭泣"的形象。费尔斯蒂纳特别指出，"齐弗"这个是无法翻译的。"明亮的词"是对"齐弗"的指称，而不是"齐弗"本身，同样地，"齐弗，那光"中的"那光"也不是对"齐弗"的翻译，而是相当于说"那种光"。那光究竟是什么，是不可言说的。

权力,统治[1]

在他们背后,竹子里:
狂吠的麻风,交响的。

文森特赠送的
耳朵
已到达目的地。

---

1 诗中文森特的耳朵,是指凡·高把割下的耳朵赠送给一名妓女,并要求她好好保存它。

因为你在一个荒村

因为你在一个荒村
发现苦难碎片,
影子世纪们便在你身边歇下
并听见你在想:

也许和平真的
在这里辩论过两个
来自泥罐子的民族。

想想吧

想想吧:
那个马萨达的沼泽士兵[1]
自造家乡,最
难以消灭地
克服
铁丝网的每根倒刺。

想想吧:
那无形体的无眼者
引领你自由穿过攘乱,你
变得坚强
和更坚强。

想想吧:你
自己的手
曾经攥着
这小块
再次经历
生命之苦的
可居住的土地。

想想吧:

这一切朝我走来,
名字苏醒,手苏醒,
永远地,
从那埋葬不了的。

1 "沼泽士兵"源自20世纪30年代纳粹集中营的一首抗议歌曲。马萨达是死海附近的一个古堡,犹太人曾在那里抵抗罗马人的围攻,最后自杀而不是投降。

光之强迫

听觉视觉残余

听觉视觉残余,在
一千零一号室里,

日夜地
熊之波尔卡舞:

你接受再教育,

他们把你变回
他。

黑夜骑着他

黑夜骑着他,他已清醒过来,
孤儿罩衫是他的旗,

不再走弯路,
它笔直地骑着他——

仿佛,仿佛女贞树悬着橘子,
仿佛这样被骑着时,他并没有穿戴什么
除了他
最初
那有胎记、有秘
密斑点的
皮肤。

我们躺在

我们已经躺在
常绿灌木林深处,当你
终于爬了起来。
然而我们不能
黑暗地向你笼罩:
光之强迫
统治着。

谁站在你一边?

谁站在你一边?
休耕地那块
云雀形的石头。
没有声音,只有死亡之光
伸出援手。

高度
急速旋转而去,
甚至比你
更强烈。

曾经,死亡需求很大

曾经,死亡需求很大,
你藏到我体内。

两人在布兰库斯家[1]

如果这些石头中有一块
披露
是什么使它保持沉默:
在这里,在近旁,
在这位老人的拐杖上,
它将揭开,像一个伤口,
而你将潜入其中,
孤伶伶,
远离我也已经被凿过的
白色的尖叫。

---

1 布兰库斯,罗马尼亚雕塑家。据约里斯说,1954年2月,策兰曾与后来的妻子吉塞勒(即诗标题里的"两人")探访布兰库斯的工作室。

托特瑙山 [1]

金车花,小米草,
从顶上有星骰的水井里
取喝的一口水,

在那个
小屋里,

给这个本子
——我之前它记录了
谁的名字?——
给这个本子写下
那行关于
一个希望的字,希望
一个思想家今天
把心里的
话
说出来,

森林草地,未平整,
兰花和兰花,单独地,

后来,在车上,粗俗,

明显地,
给我们开车的人,那男人,
也听见了,

高地沼泽
走了一半的
木头径,

潮湿,
非常。

1　1966年7月25日,策兰趁一次朗诵会之便,由别人开车前往托特瑙山会见海德格尔。策兰在留言簿上写下一行字,然后两人一起到沼泽地里散步。然后策兰前往法兰克福,并于8月1日在法兰克福一家酒店写了这首诗。策兰怀着希望,希望海德格尔作为德国的思想家以及作为与纳粹有纠结的哲学家,能够就"二战"中犹太人的遭遇做出某种道歉。但是希望逐渐变成失望,两人像两枝互不相干的兰花,路也只走了一半。后来在车上,与另一个乘客谈话,"粗俗"应该是指谈话中对策兰与海德格尔会见时海德格尔给他或他们(策兰和车中乘客)留下的印象。诗中"星骰"是指海德格尔的水井的柱子上有一个骰子形的木雕,木雕上刻着一颗星。"小米草"德语字面意思是"慰眼草",英语的字面意思是"明眼草"或"眼明草"。

给一位亚洲兄弟

自我神化的
大炮
升上了天,

十架
轰炸机打呵欠,

一阵急射开花,
确定如和平,

一把大米
至死也依然是你的朋友。

你怎样在我身上逐渐消逝

你怎样在我身上逐渐消逝:

直到最后
一缕
破旧的呼吸,
你还留在那里,带着
一小片
生命。

海格特

一位天使走过房间——：
你，靠近那本未打开的书，
再次
赦免我。

杜鹃花两次找到营养。
两次凋谢。

避过大难

避过大难,
那些灰鹦鹉
在你口中
念起弥撒。

你听见下雨,
于是想,这一回
可能也是上帝。

在黑暗的空地

在黑暗的空地我发现：

你仍然朝着我而活，
在竖立式水管里
在竖立式
水管里。

我依然能看见你

我依然能看见你：一个可以
用触觉词去摸索的
回声，在离别的
山脊上。

你的脸悄悄地羞怯
当我内部
突然有灯盏般的
亮光，就在那
最痛苦者说永不之处。

永恒们袭击

永恒们袭击
他的脸然后
越过它，

慢慢地一场大火熄灭了
所有烛光照亮的事物，

一种不属于这里的绿
毛茸茸地爬满了那块
被孤儿们埋葬又埋葬的
岩石的
下巴。

那个爱尔兰女人

那个爱尔兰女人,满身离别的斑点,
细读你的手,
比快还
快。

她目光的蓝色传遍她全身,
得与失
一体:

你,
被眼睛的手指碰触的
远方。

再也没有半木头[1]

再也没有半木头，在这里，
在这峰顶斜坡上，
没有交
谈的
百里香。

边境雪和
它那给柱子及其
路标阴影听诊
并宣告它们
死亡的
味道。

---

1 威德曼指出，诗中"半木头""峰顶斜坡""百里香""边境雪"等词语均源自法国博物学家法布尔对攀登普罗旺斯的旺图山的描述。另外，法布尔曾在回忆录中提到童年学校里有"齐胸高的半木头半石头（结构的）休憩处"。

把赭色撒入我双眼

把赭色撒入我双眼：
你已不再
住在里面，

节省
墓边的
附加物，节省，

沿着一排排石头来回走，
在你双手上，

那双手用它们的梦
涂擦
那被踩灭的
颞骨的鳞片，

在
伟大的
分叉路口，
对那赭色讲述你自己，
三遍，九遍。

奥拉宁斯特拉塞路 1 号[1]

我手里长出铁皮,
我不知道
该怎么办:
我并不想铸模,
它并不想读我——

如果现在
奥西茨基[2]最后的
酒杯找到了
我就会让那铁皮
向它学习,

而朝圣者们的
拐杖大军
就会沉默以对,忍受时间。

1 该地址位于法兰克福,是策兰1967年参加书展时所住旅馆的地址。

2 卡尔·冯·奥西茨基(1889—1938),德国新闻作者与和平主义者,曾在纳粹集中营饱受折磨,1935年获诺贝尔和平奖,1936年从集中营被送往医院,在监视下接受治疗。据说这时他已非常虚弱,连酒杯都拿不稳。

声音微弱地 [1]

声音微弱地,从
深处被鞭起:
无词,无物,
两者皆是那独一名字。

在你身上正合适坠落,
在你身上正合适飞翔,

奇痛地获得
一个世界。

1 费尔斯蒂纳说,诗中的词与物,令人想起希伯来语 davar,这个词既指词,又指物。

冥顽的明天

冥顽的明天,
我一口咬进你,我把自己沉默在你身上,

我们发声,
独自,

稠糊的
永恒钟鸣滴落,
被今天的昨天
那粗厉的叫声
覆盖,

我们出行,

盛大地,
最后一个喇叭口
接纳我们:

提速的心步
在外面,
在空间中,
靠近地球的
轴心。

闰世纪[1]

闰世纪,闰
秒,闰
生,十一月活动着,闰
死,

囤积在蜂巢槽里,
"碎屑
叠着碎片",

来自柏林的大烛台诗,

(未被收容,未
被归档,未
被福利照顾?活
着?)

晚词沿途的阅读站,

天空中节省的
发光点,

炮火下的山脊线,

感觉,冻成了
霜锭,

冷开端——
以血红素。

---

1 策兰生于 1920 年 11 月,那一年是闰年,但诗中唯独没有提到闰年。

不要往前努力

不要往前努力,
不要发出去,
站到
里面去:

被无转移立足之地,
免去一切
祈祷,
精微地结构
来专注于前文字,
不可超越,

我把你让进去,
代替所有的
休息。

雪之部分

你躺在

你躺在一种伟大的倾听中,
被灌木长满着,被雪花纷飞着。

去到施普雷河,去到哈弗尔河[1],
去到肉钩,
来自瑞典的红色
苹果串——

礼物桌来了,
它绕着一个伊甸园转[2]——

那男人变成一个筛,那夫人
得去游泳,那大母猪,
为她自己,为无人,为每个人——

兰韦尔运河不会低语一句。
没什么
     停止。

1 施普雷河流经柏林,并与哈弗尔河汇合。

2 "伊甸园"是柏林豪华公寓楼,原址为伊甸园旅馆,也即罗莎·卢森堡和卡尔·李卜克内西 1919 年遇害前被关押的地方。

风中掘井人

风中掘井人:

会有人在酒馆里演奏中提琴,在白天下端,
会有人倒立在够了这个词上,
会有人两腿交叉吊在大门上,紧挨着绞车。

今年
没有咆哮着冲过去,
它狠狠地摔回十二月、十一月,
它翻自己的伤口,
它向你,年轻的
墓
井,
开十二口。

这世界的

这世界的不可
读性。全都倍增。

强大的钟表
沙哑地支持
裂缝时刻。

你,被揳入你的最深部分,
爬出你自己,
永远。

妓女似的另外

妓女似的另外。而永恒
周边全是血黑的嘈杂声。

被你那泥淖似的发绺
覆盖着，
我的信仰。

两根指头，远离手，
朝着深沼泽的誓言
划去。

我听见斧头[1]

我听见斧头已经开花,
我听见那地方的名字说不出来,

我听见那块望着他的面包
治好了那个被绞死的人,
那块他妻子为他烤的面包,

我听见他们把生命称作
我们唯一的庇护所。

1　迈克尔·莱文援引哈马赫尔的话说,此诗开头强烈地回荡着卡夫卡《乡村医生》中斧头砍出的花般的伤口,结尾"唯一的庇护所"则几乎一字不改地引用本雅明论卡夫卡的文章。爱德华·赫希说,世界是如此难以理解,以至在这无意义的深渊中,最小的事情也能治愈,被绞死者的妻子为其烤的面包也能"治愈",因为它恢复最微小的常态,逆反地在荒诞叙述中刺出一个无限小的洞。被治愈的不是他的身体,而是他的故事。生命是我们唯一的庇护所,这是策兰能够为我们提供的,以及我们在最黑暗的时代所能够寄望的:不妨想象一下我们仍被我们所理解的生命的碎片看护着。

用田鼠的声音

用田鼠的声音
你吱吱尖叫起来，

一把锐利的
夹子，
你一路从我的衬衣咬到我的皮肤，

一块织物，
你轻掠过我的嘴巴，
就在我对你，影子，说的
一番会使你沉重的话
去到途中的时候

在这个将被结结巴巴重复一遍的世界

在这个将被结结巴巴重复一遍的世界,
我将是
一个客人,一个从墙上滴淌而下
再被伤口舔起的
名字。

你拿着黑暗弹弓的

你拿着黑暗弹弓的,
你拿着石子的:

现在已过傍晚。
我在我背后投下光亮。
把我击落,严肃
对待我们。

广 板

你,想法一样的,切近的荒野漫游者[1]:

比死亡的
尺寸
大,我们躺
在一起,番
红花,那不朽的,挤在
我们呼吸着的眼睑下,

那对黑鸟悬在
我们身旁,在
我们那些白色地漂流于上面的伙伴
下面,是我们的

癌
转移[2]。

1 后半句原文"heidegängerisch Nahe"暗含对海德格尔的名字和哲学概念("切近")的指涉。

2 癌转移是专有名词。

对着黑夜的秩序[1]

对着黑夜的秩序,
备受骑压,备受
滑行,备受
雷雨蹂躏,

未被
歌唱,未被
动摇,未被
扭曲,并且
竖立在迷乱帐篷前,

灵魂长胡子,眼睛
生冰雹的白砾石
结结巴巴者。

---

1 费尔斯蒂纳等评论者认为,这首诗可视为策兰的自画像。策兰似乎在嘲笑自己企图以诗歌来表达黑夜王国,并遭受随之而来的跌跌撞撞和结结巴巴的后果。

梅普斯伯里路[1]

静止从一个
黑女人的步态背后
向你挥手。

她身边
玉兰时辰的半钟
在一种红前,
那红也在别处寻找它的意义——
也许无处。

整个
时间院子围绕
一颗嵌着的子弹,它旁边,大脑。

尖天之下满院子大口
吞咽的共同空气。

别推迟自己,你。

---

1 梅普斯伯里路是伦敦西北一条街道的名字,策兰一位幸存的亲人,他的姑姑,也即诗中的你,住在那里,策兰曾经常常去探访她。

墙上格言

容毁了——一位翻新的天使突然停下——
一张脸恢复常态,

魂魄武器
带着自己的全体记忆,
专注地迎候
它那群
思想狮子。

一片叶子[1]

一片叶子,无树的,
献给贝托尔特·布莱希特:

这算是什么时代
当一次谈话
几乎就是犯罪
因为它包含
如此多说过的?

1　此诗回应布莱希特著名的《致后代》,布莱希特在这首诗中有这样一段:"这是什么时代,当 / 一次关于树的谈话也几乎是一种犯罪 / 因为它暗示对许多恐怖保持沉默?"

矿石闪闪

矿石闪闪
在骚动深处,
原祖们。

你因此
自己领会,
仿佛被子植物[1]
跟他们
说了一个
吐音清晰的
词。

石灰痕迹的长号。

在喀斯特[2]凹地里,
那失去的,得到
稀少和澄清。

---

1 被子植物指开花和结子的植物(例如玫瑰和兰花),在原文的词源学意义上,是指在一种闭合状态中结子。

2 喀斯特是一种地形,以现今斯洛文尼亚的喀斯特地区命名。由可溶性基岩,例如石灰石和白云石的溶蚀而形成。地下排水导致该地形表面水量极其有限,无法形成河流或湖泊。很多喀斯特地形都有显著的表面特征,包括陷穴、落水洞和石灰坑。

电缆已经铺设

电缆已经铺设,连接
你背后的快乐
和连接它众多
弹药供应充足的
进攻部队,

在那些朝向你的
缓解拥挤的
喷洒健康剂的
城市,
音调优美的抗毒素
宣布
驾驶者竞争的冲刺
正穿过你的良心。

时间庄园

漫游的灌木[1]

漫游的灌木,你捕捉
其中一次讲话,

发誓放弃的紫菀
在这里加入,

如果有哪个
粉碎颂歌的人
现在对手杖说话,
他和每个人的
目眩
就会消失。

1 约里斯说,根据犹太日历,阿达尔月第七天,犹太人会纪念摩西的生卒日期。威德曼把这首诗与这个节日联系起来。摩西接受上帝的手杖,作为相认的信物,也作为他要完成的事业的工具。不过,策兰这首诗草稿旁有以下注释:"缝制的诗篇的歌手:吟诵者。"这句下还有:"吟诵者:对着手杖的歌手。"诗中的"目眩"德语原文为"Blendung",既有"目眩"的意思,又有"致盲"的意思。

只有当我

只有当我
作为一个幽影触摸你,
你才相信
我的嘴巴,

它带着晚思的事物
在时间庄园里
到处
攀爬,

你朝着天使们中间
那一群次等利用者们
走去,

而一个因沉默而狂怒的身体
发出星光。

所有那些睡眠形体[1]

所有那些你在语言影子里
采用的
结晶质的睡眠形体,

我都向它们
供应我的血,

那些形象线条,我将
把它们藏匿在
我那开着狭口的
认知血管里——

我的悲伤,我能看见,
正叛逃到你那里。

1　安妮·卡森说,也许因为策兰是睡眠者中醒着的人,所以他从词语的黑暗面开始,"在语言影子里"。这里他看见属于睡眠和属于"你"的形体,他正在接近这些形体。它们是"结晶质的"形体——内部和自然力的设计,而诗人将以图像形式或轮廓(形象线条)把它们捕捉住,并把它们储藏在血管里。血也是诗人的理解(认知)发生的地方。理解并保存(不管以多么微不足道的方式)事物内部的结晶体的图像乃是诗人的职责,而这把他置于"我"与"你"的某种关系中。不管"你"是谁,你都被置于诗的开始和结尾中,而把诗人包围在中间,使他的存在有可能以两种基本的方式维持:因为你以他能够理解的面目出现,还因为你给了他的悲伤一个处所。诗以这个悲伤的处所结束,却是以一个不大可能的动词:叛逃。

你躺在你自身

你躺在你自身
以外,

你自身以外
躺着你的命运,

它翻着白眼,从一首歌里
逃出,有什么走来
帮助
把舌头连根拔起,
即便是正午,在外面。

小夜晚

小夜晚：当你
把我带进去，请把我
带到那儿，
到距地板三寸痛苦的
上面：

所有那些沙之裹尸衣，
所有那些帮不了忙，
所有那些仍然
用舌头
笑的——

我和我的夜晚闲荡

我和我的夜晚闲荡,
我们洗掉
这里
所有挣脱的东西,

你也把你的黑暗
卸下来装进我这双
一半在漫游的
眼睛,

它也将从每一个方向
听见每一种昏晦那
无可辩驳的
回声。

我在世界背后引领你

我在世界背后引领你,
你在那里,自在而坚定,
爽朗地
椋鸟勘察死亡,
芦苇示意石头离开,今晚
你
应有尽有。

来，用你自己使世界发生意义

来，用你自己使世界发生意义，
来，让我倾尽我所有
充满你。

我和你融为一体
来捕获我们，

即便是现在。

满靴子的脑子

满靴子的脑子
在雨中出发:

将有一次走动,伟大的走动,
远远越过他们开车送我们去的
那些边境。

在这最狭小的通道里

在这最狭小的通道里
也有某种意义,

那是我们最致命的
站立的记号
划下的。

吹羊角号之处[1]

深藏在发光的

文本空白里

时间之洞中

火把高度上的

吹羊角号之处:

张开你的口

一路听进去。

---

1 对这首诗德语原文"Posaune"到底如何理解(长号,还是号筒,还是羊角号),有不同解释。例如"posaune"在德语里是长号,它是根据路德译本的《圣经》,但同一个词在英文《圣经》里被译成"号角",中文和合本《圣经》译为"号筒"。"羊角号"的译法是费尔斯蒂纳提出的,理由是在策兰访问耶路撒冷前不久,刚有学者在耶路撒冷圣殿山发现一块石头,上面刻有"吹羊角号之屋(之处)"。这个吹羊角号之处曾经位于俯瞰耶路撒冷最繁忙角落的圣殿高处。据说会在一个塔楼上吹响羊角号,宣布安息日的开始和结束,以及用于各种节庆。那块石头的发现,也许可解释"深藏在……时间之洞中"。策兰这首诗的出处,有多种可能性。包括《旧约·出埃及记》(19:16),那里记载上帝宣布《十诫》前,羊角号响起,上帝降临西奈山时,羊角号越来越响,上帝说完《十诫》之后,羊角号再次响起。另外,《旧约·约书亚记》(6:8-20)提到七位祭司拿起七个羊角,"祭师吹角。百姓一听到角声就大声呼喊,城门随着倒塌"。《新

约·启示录》也有记载"拿着七枝号的七位天使",并有这一段:"第三位天使吹号,就有烧着的大星好像火把从天上落下来,落在江河的三分之一和众水的泉源上。"以上涉及的"七",可能与策兰这首七行诗有关。至于"空白文本"或"文本空白",费尔斯蒂纳认为"空白文本"就是《圣经》,因为《圣经》本身就是起源于对着空虚说了一句话:"地是空虚混沌,深渊上面一片黑暗;神的灵运行在水面上。神说:'要有光',就有了光。"还有就是作为"文本空白",可理解为某种缺席的在场,它要求充满,并随着这个要求而发光。

两 极

两极
就在我们体内,
我们醒着时
不可逾越,
我们睡着时跨过去,直到
仁慈门[1]。

我把你失去给了你,这
是我雪般的安慰,

说,耶路撒冷是,

说出来,仿佛我是
你这种白,
仿佛你是
我的,

仿佛我们没有我们也能成为我们,

我翻阅你,永远,

你祈祷,你使我们
枕上自由。

1　仁慈门为耶路撒冷八个城门之一,又称为金门。有评论者指出,说耶路撒冷"是",乃是一种超越性的状态,如果让它是什么,或处于某种状态,就失去其超越性。

将会有某种东西

将会有某种东西,在稍后
使自己溢满你
并把自己举到
一张嘴巴前

从粉碎的
疯狂中
我站起来
看着我的手
怎样画出唯一
一个
圆圈

无,为我们

无,为我们
自己的名
——它们收割我们——
而盖印,

结局相信我们
是开始,

在沉默于
我们周围的
大师们的面前,
在难以分开之中,见证
一种黏合的
明亮。

当我戴着指环影子

当我戴着指环影子
你戴着指环,

某种习惯于沉重的东西
把自己拉紧
把我们提起来,
无穷
把你去永恒化。

陌生感

陌生感
捕获了我们,
短暂性无助地
贯通我们,

把我的脉搏,把它也
传入你自己,
然后我们将
战胜你,战胜我,

有什么给我们披上
日皮,夜皮,
为了具有最高癫痫严肃性的
游戏。

未结集

把荒原倒进

把荒原倒进你的眼布袋里,
牺牲的召唤,盐洪水,

跟我来,奔赴呼吸
和以外。

不要写你自己

不要夹在不同世界之间
写你自己,

要起来反抗
多重意义,

信任泪痕
并学会生活。

诗闭，诗开 [1]

诗闭，诗开：
朝着一个头脑自由的
无防守的犹太人奔去的
各种颜色来到了
这里。
最沉重的升起在
这里。
我在这里。

---

[1] 伦贝格认为，闭与开、沉重与升起，这种悖论的处境阐明了说话者的无神论，他是一个"头脑自由的/无防守的犹太人"。就是说，他与他的犹太本源的关系不是源自信仰或犹太传统，而是与这样一种命运联结在一起，即他自己是一个"无防守的犹太人"。

译后记

我分别在 20 世纪 90 年代和 21 世纪初从英文转译保罗·策兰的诗,总共约 60 首,后来民间机构"副本"替我出了一本小册子《保罗·策兰诗三十三首》,只在几个朋友中传阅。今年初,方雨辰女士拟出版我译的策兰。我原本只打算补译十来首,但没想到一发不可收拾,每天工作十多个小时也不感到累。几个月下来,结果便是这本有将近 180 首诗的策兰诗选。

策兰诗歌的英译,可以说非常幸运。比较早和影响比较大的是迈克尔·汉布格尔的《保罗·策兰诗选》。汉布格尔是德裔英语诗人和翻译家,他的译诗不但准确而且非常耐读,这使得他成为我心目中诗人翻译家的典范之一。我相信正是他的成就和影响,带动了后来的策兰英译者。汉布格尔还与策兰本人有交往。

另一个是策兰研究者约翰·费尔斯蒂纳,他的著作《保罗·策兰:诗人、幸存者、犹太人》对策兰诗歌做了深入的研究,对策兰在英语世界和在国际上的进一步传播做了很大的贡献。之后,他又出版了《保罗·策兰诗文选》,这个译本同样产生较大的影响。

与此同时,诗人和精通多种语言的翻译家皮埃尔·约里斯除了编辑一个流传较广的《策兰选本》外,还有系统地翻译策兰的诗,已出版《换气到时间庄园:策兰后期诗合集》,即将出版《记忆玫瑰到门槛语言:策兰早期诗合集》——就是说,他翻译策兰诗全集。

以上三家都极为重视准确性。汉布格尔译本准确性和可读性兼顾，最为"有味"。约里斯往精确性方向大胆探索，比如说策兰常常利用德语的特点，新造词语或把不同词语合在一起产生新意和歧义，而约里斯则尝试在英译里复制。费尔斯蒂纳的译本刚好与他的学者身份相符，谨慎而稳健。

再就是女诗人希瑟·麦克休与尼古拉·波波夫的合译本《喉塞音：保罗·策兰诗101首》。麦克休以前译过法国诗人福兰的诗选，给我留下非常深刻的印象，她的策兰可读性很高，但相对于其他三家，她的"自由度"也比较高。

汉布格尔之后，三家除了约里斯的全译本外，在篇目的选择上都尽量避免重复其他译本已有的。例如约里斯编选的《策兰选本》，就没有收录汉布格尔、费尔斯蒂纳和麦克休的翻译，而是选更早或最早的，现已绝版的，例如杰罗姆·罗滕贝格等人的策兰英译，加上他自己的翻译，而且该选本的篇目也是尽量避免重复其他译本已有的。但是，完全避免又是不可能也没有必要的，所以各个译本的篇目又都不可避免地会有相当一部分重复。而这对我来说，就变得极其有利。我常常是先根据汉布格尔的译本翻译，再拿其他译本做校对；或先根据某个译本，再拿其他译本做校对，有疑问时查德汉词典，查各种英文研究著作的解读，也参考孟明翻译的繁体字版《策兰诗选》，以及利用谷歌的翻译来检查某首诗的"原始"内容。

除了以上译本外，我还参考了伊恩·费尔利翻译的策兰诗集《棉线太阳》和《雪之部分》，凯瑟琳·沃什伯恩与玛格丽特·吉勒明翻译的策兰《后期诗》，以及女诗人安妮·卡森的研究著作《未丧失之物的节约》里的引诗。

费尔斯蒂纳在《诗文选》导言里提到，他认识策兰遗孀吉塞勒不久，曾问她："你丈夫的很多诗是不是都源自他自己的经验？"

吉塞勒回答说:"百分之百。"但是,如果他向她询问策兰的生活,她却总是敦促他严格地专注于策兰的著作。我想,这是理解策兰的关键。深信策兰的诗源自他的经验,但不可拿他的生活来解释他的诗,或试图通过他的生活来理解他的诗。所以,我随机在某些诗后附上的"注释",读者不要把它们视为对诗的注释,而仅仅视为"诗外的评论"。

我在翻译策兰时,除了力求准确外,还比较注意他的句子结构,尤其是他不少诗、诗节或诗句是一气呵成的,在中译里体现为绵延不绝的长句,希望读者能在耐心阅读中得到音乐上的回报。特别要提一提《对着黑夜的秩序》,它一句到底,但可以有两种读法。一种是读成"对着黑夜的秩序(的,是那)备受……的白砾石(这个)结结巴巴者",反过来说,就是"备受……的白砾石(这个)结结巴巴者"对着"黑夜的秩序",括号是我补充的。另一种是读成:对着"备受……蹂躏"的"黑夜的秩序"的,是那"未被歌唱……的白砾石结结巴巴者",反过来就是"未被歌唱……的白砾石结结巴巴者"对着"备受……蹂躏"的"黑夜的秩序"。这首诗,被视为策兰的自画像。

而这段话,则是策兰的自白:"在众多丧失中伸手可及的、近身的未丧失之物,这唯一保留的东西:语言。是的,这东西,语言,终究还是保留下来,未被丧失。但它必须经受它自己的回答的丧失,必须经受可怕的哑默,必须经受带来死亡的谈话的千重黑暗。它经受而没有为发生过的事情说什么,然而它经受这发生的过程。经受并得以重见光明,被这一切'丰富'。在那些年间和在那些年后,我试图用这语言写诗:为了说出来,为了确定我的方向,为了认清我在哪里,我往哪里去,为了勾画我的现实。"

黄灿然
2020 年 11 月,洞背村

图书在版编目（CIP）数据

死亡赋格：保罗·策兰诗精选/（德）保罗·策兰著；黄灿然译. — 北京：北京联合出版公司，2021.1（2024.5重印）
ISBN 978-7-5596-3604-1

Ⅰ.①死… Ⅱ.①保…②黄… Ⅲ.①诗集—德国—现代 Ⅳ.① I516.25

中国版本图书馆 CIP 数据核字 (2020) 第 170398 号

死亡赋格：保罗·策兰诗精选

作　　者：［德］保罗·策兰
译　　者：黄灿然
出品人：赵红仕
策划人：方雨辰
特约编辑：袁永萍　陈雅君
责任编辑：管　文
装帧设计：孙晓曦（pay2play.design）

北京联合出版公司出版
（北京市西城区德外大街83号楼9层　100088）
北京联合天畅文化传播公司发行
北京市十月印刷有限公司印刷　新华书店经销
字数189千字　889毫米×1194毫米　1/32　9印张
2021年1月第1版　2024年5月第4次印刷
ISBN 978-7-5596-3604-1
定价：65.00元

版权所有，侵权必究
未经书面许可，不得以任何方式转载、复制、翻印本书部分或全部内容。
本书若有质量问题，请与本公司图书销售中心联系调换。电话：64258472-800